기다리고 있습니다

니토리 고이치

이소담 옮김

변두리
화과자점
구리마루당

장편소설

1

* 이 도서의 국립중앙도서관 출판예정도서목록(CIP)은 서지정보유통지원시스템 홈페이지(http://seoji. nl.go.kr)와 국가자료공동목록시스템(http://www.nl.go.kr/kolisnet)에서 이용하실 수 있습니다. (CIP제어번호: CIP2016000570)

OMACHISHITEMASU SHITAMACHIWAGASHIKURIMARUDOU 1
©KOICHI NITORI 2014
Edited by ASCII MEDIA WORKS
First published in 2014 by KADOKAWA CORPORATION, Tokyo.
Korean translation rights arranged with KADOKAWA CORPORATION, Tokyo, through KCC.

기다리고 있습니다

변두리
화과자점
구리마루당 1

니토리 고이치 장편소설

이소담 옮김

은행나무

차례

일러두기

∘ 본문의 주는 모두 옮긴이의 주입니다.

프롤로그

도쿄 아사쿠사.

변두리 동네 사람들이 바쁘게 오가는 오렌지 거리 어딘가에 고즈넉하니 자리한 화과자점이 있다.

다갈색 포렴에 달필로 적힌 가게 이름은 '과자점 구리마루당'.

메이지 시대* 때부터 4대째 이어오는 노포로, 소규모 찻집도 겸한다.

안으로 들어가면 진열장에 정갈하게 놓인 각양각색의 화과자가 당신을 반긴다.

소박하면서도 다양한 형태와 고급스러운 색감을 보면 당신의 입가에도 분명 미소가 지어질 것이다.

---

* 1868년 1월 3일부터 1912년 7월 30일까지 메이지 일왕이 통치한 시대.

그런데 이 가게의 상품은 그것만이 아니다.

이따금 예상하지 못했던 것이 들어올 때가 있다.

당신은 이 가게에서 마음이 따뜻해지는 행복한 한때를 보낼 수도 있고 놀라운 사건과 만날 수도 있다.

제1장

마메다이후쿠

두루마리 구름이 길쭉하게 뻗은 11월의 푸른 하늘 아래, 오후에 접어든 오렌지 거리를 걷는 한 남자가 있었다.

구리타 진. 단정한 생김새에 검은 머리카락의 청년이었다.

얼굴이 갸름하고 눈초리가 날카로웠다. 긴 털이 달린 군복 재킷을 걸치고, 바지 주머니에 양손을 찔러 넣었다.

때때로 앞쪽에서 불량해 보이는 무리가 걸어왔다. 이상하게도 구리타와 눈이 마주치면 다들 인사를 했다.

"구리타 형님, 고생하십니다!"

"고생하십니다!"

"음."

동네 풍경과 어울리지 않는 인사를 건성으로 나누고 구리타는 걸었다.

이곳은 아사쿠사. 변두리 동네 특유의 정서가 감돌고 옛것의 정취가 가득한 전통 어린 거리.

에도 시대*에 크게 발전을 이루었고, 지금도 옛 모습이 짙게 남아 있어 도쿄를 대표하는 번화가다.

거리는 풍취가 있고 번화하며 다채롭다. 덴키부란**으로 유명한 일본 최초의 바와 문호들이 다녔던 메밀국수 가게 등 역사가 긴 노포가 여기저기 있다.

그렇지만 이곳 주민들의 콧대가 높지는 않다.

오히려 옛날 그대로의 인정과 온기가 있다. 예를 들어 관광객이 길을 물으면 누군가는 친절하고 정중하게, 또 누군가는 잽싸고 바지런하게 가르쳐줄 것이다.

구리타는 관광객이 아닌데도 비를 피하려고 들어간 편의점에서 처음 보는 점원이 우산을 빌려준 적이 있을 정도였다.

자칫 잊히기 쉬운 사람의 온정이 지금도 또렷하게 살아 숨쉬는 곳……

그런 아사쿠사 오렌지 거리에 구리타가 꾸리는 가게가 있다. 구리타는 늦은 점심 식사 겸 휴식을 마치고 일하러 돌아가

---

* 에도(오늘날의 도쿄)에 정권 본거지가 있던 1603년부터 1867년까지의 봉건 시대.
** 브랜디에 진, 포도주, 퀴라소와 약초를 넣어 만든 칵테일.

는 도중이었다.

길 저 앞에 기와지붕과 수수한 다갈색 포렴이 보였다.

화과자 가게 겸 후식을 파는 찻집, '구리마루당'이라는 간판을 세운 그곳은 메이지 시대부터 이어진 노포였다.

구리타는 가게 뒤로 돌아가, 처마에 매달린 곶감을 슬쩍 쳐다보고 종업원 전용 뒷문을 지나 안으로 들어갔다.

옛 모습을 그대로 유지한 좁은 작업장이었다. 돌아다닐 수 있는 인원은 많아봤자 몇 명. 콩 특유의 들쩍지근한 향이 코를 살금살금 간질여 기분이 좋았다.

선반에는 오래된 냄비와 각종 체가 나란히 놓였고, 벽에는 오래된 이조식(二槽式) 싱크대, 작업장 구석에는 업무용 제떡기가 있었다.

작업실 중앙에 커다란 스테인리스 조리대가 있고 그 앞에서 나이 어린 화과자 장인인 나카노조가 일하고 있었다.

조리대 위에는 제과용 가위와 삼각주걱 같은 세공 도구가 널려 있었다.

"휴우……. 구리 씨, 빨리 오셨네요."

"점심 먹는 데 오래 걸리겠어."

어느 정도 작업을 마무리한 것처럼 보이는 나카노조에게 구리타는 무뚝뚝하게 물었다.

"어때, 상태는?"

"괜찮아요. 제 입으로 말하기 그렇지만 제법 잘 만든 것 같아요."

"그러냐."

나카노조는 3년 전부터 가게에서 일하는 화과자 장인이다.

중학교를 졸업하고 바로 제자로 들어와 올해 열여덟 살. 구리타보다 한 살 어릴 뿐이지만 천진난만한 성격 덕분에 훨씬 아래로 보였다.

복장은 평소처럼 조리용 하얀 가운과 하얀 모자. 제자로 처음 들어왔을 때는 까까머리였는데 구리타가 가게를 이은 뒤로 머리를 길러 파마를 하고 밝은 갈색으로 물들였다.

본성은 성실하지만 새새거리는 면도 있어서 아무튼 대하기 편한 성격이다.

"어디."

구리타는 자신작의 완성도를 보려고 나카노조 곁으로 다가갔다가 미간에 주름을 잡았다.

"응? 이게 뭐야."

"뭐긴요, 구리 씨. 딱 보면 알잖아요?"

"따개비?"

"아니요…… 겨울 풍물시에 그건 좀 아닌 것 같은데요."

나카노조는 점심시간 전부터 네리키리 동백꽃을 만드는 연습을 하고 있었다.

네리키리란, 팥소에 규히* 등을 넣어 반죽한 것을 세공해 사계절의 풍물을 표현하는 나마가시**이다. 다과 모임의 오모가시***로 주로 사용된다.

맛과 외형을 동시에 즐기는 과자인데, 잘 만들려면 미적 감각은 물론이고 기술이 필요하다.

이 계절의 네리키리로는 눈이나 봄의 도래를 떠올리게 하는 눈 덮인 소나무, 동백꽃, 홍매화 등을 모티프로 한 것이 많다.

나카노조는 아직 종합적인 기량이 미숙해서 자주적으로 바지런히 연습하는데 아직 성과가 그리 신통치 않았다.

그가 만든 네리키리는 꽃잎 형상이 일그러져서 볼품없었다.

애를 쓴 흔적은 보이나 아름답지 않았다.

"이런 조형에는 요령이 있어. 쥐봐."

구리타는 싱크대에서 손을 씻고, 삼각주걱을 받아 네리키리에 손을 대기 시작했다.

---

* 　찹쌀가루에 설탕이나 물엿 등을 넣고 반죽하여 얇은 떡처럼 만드는 화과자.

** 　주로 팥소를 넣어 찐 물기 있고 무른 생과자.

*** 　진한 말차를 마실 때 곁들여서 먹는 단맛이 나고 질량감이 있는 과자. 계절과 기후에 따라 형태와 이름이 다양하다.

"어라라, 갑자기 느낌이 달라졌어요."

나카노조의 눈이 휘둥그레졌다.

"꽃잎 끝은 약간 매끄러워야 좋아. 만들 때는 힘주지 말고 재빨리 하고. 손의 열기가 반죽으로 옮아가면 그만큼 형태가 무너지기 쉬워지니까."

구리타는 화과자 장인으로서 탁월한 실력의 소유자였다. 기술 하나만큼은 스스로 생각해도 자신이 있었다.

나카노조는 구리타가 손을 댄 네리키리를 뚫어지게 바라보며 중얼거렸다.

"그렇구나, 여기 중앙을 둥그렇게 돌려서 매끄럽게 하면……. 으아, 역시 구리 씨야. 구리마루당 4대째 주인장이 해주는 조언은 언제나 클리어하고 크리티컬해요."

"아아, 그런 소린 됐어. 귀찮으니까. 그보다 자꾸 구리구리 연발하지 마, 이 자식아. 싸우자는 거냐."

"무슨 말씀을!"

나카노조가 쾌활하게 웃으며 대꾸했을 때, 가게 쪽에서 목소리가 들렸다.

"뭐야 구리, 언제 왔어 구리?"

"그러니까 구리구리 하지 말라고."

작업장 출입구의 포렴을 걷고 아카기 시호가 들어왔다.

시호는 이십대 후반에 이목구비가 또렷하고 괄괄한 외모의 여성이다. 진한 갈색으로 염색한 긴 머리카락을 여러 가닥으로 나누어 뒤통수에서 느슨하게 묶었다.

시호는 구리타가 반년 전에 접객요원으로 고용한 아르바이트생이다.

접객, 계산, 기타 등등. 가끔 제과 조수도 도맡아 해주어서 가게에 없어서는 안 될 존재였다.

구리마루당은 가게에서 화과자를 판매하는 동시에 과자 찻집도 운영하고 있다.

메뉴는 가게 상품 그대로이고 전체 좌석 수도 스무 석 정도라 큰 규모는 아니지만, 그래도 구리타와 나카노조 둘만으로는 꾸려나갈 수 없었다.

찻집과 과자 판매를 시호가 담당하고 장인 둘은 작업장에서 과자를 만드는 것이 현재 구리마루당의 역할 분담이었다.

그러나 최근 손님이 줄어서 가게는 파리만 날리는 처지였다.

시호가 밝게 웃었다. 입술 사이로 덧니가 드러났다.

"뭐 어때. 그나저나 구리, 너를 만나고 싶다는 손님이 왔어."

"나?"

"아까부터 가게에서 기다리고 있어. 얼른 가봐."

"쳇, 약속도 없이 오다니 상식이라곤 없는 놈이네……."

구리타는 뒷덜미를 긁적이며 작업장을 나섰다.

*

구리타의 부모님은 아사쿠사에서도 손꼽히는 화과자 장인이었다.

부모님은 아직 어릴 때부터 아들에게 기술을 가르치면서 언젠가 후계자가 되어주기를 기대했다.

구리타 자신도 막연히 그렇게 되리라 생각했으나, 중학생시절 이른바 반항기에 이유도 없이 부모님의 기대감이 억지로떠맡은 의무처럼 느껴졌다.

'딱히 하고 싶은 일은 없지만 내 앞날은 내가 선택하고 싶다.'

구리타가 그렇게 주장하자, 예상 밖으로 부모님은 반대하지않았다.

고등학교와 대학교를 졸업하고 사회의 풍파에 시달린 뒤에시작해도 늦지 않다고 다독여주었다.

이해심 깊은 부모님에게 왠지 모르게 짜증을 느끼면서 구리타는 한동안 화과자와 거리를 두었다.

그런 짜증을 동네 불량한 무리에게 풀다가 요란한 항쟁에휩쓸리기도 했고, 최종적으로 불량배를 이끌어달라는 부탁을 받아 최고의 자리에 군림하기도 했으나, 이제 그런 것은 아는 사람만 아는 옛날이야기였다.

수험을 앞두고 구리타는 불량배와 단호하게 인연을 끊었고, 어떻게든 대학에 입학했다. 최고라고 할 순 없어도 그럭저럭 쾌적한 캠퍼스 라이프를 시작했다.

그러나 지금으로부터 약 1년 전.

부모님이 교통사고로 갑자기 타계했다.

자동차끼리 충돌해서 전원 즉사했다.

한동안 구리타는 어찌할 바를 몰랐다. 가슴에 구멍이 뻥 뚫린 감각을 맛보며 잠들지 못하는 밤을 몇 날 며칠 보내다가 한 달쯤 지났을 무렵에 앞으로 어떻게 할지 결심했다.

부모님을 위해서라도 가게를 닫을 수는 없다, 다시 화과자의 길로 돌아와 구리마루당의 4대째 주인이 되어 노력하겠다고.

구리타는 대학에 휴학계를 내고 제과 전문학교에 들어갔다.

다행히 어려서 배웠던 덕분에 기술적으로는 강사보다 뛰어났다. 얼마간 분위기를 살피다가 통신교육으로 전환하고 나카노조에게 일의 흐름을 배웠다.

당장 필요하지는 않더라도 장인으로서 뛰어난 기술력을 보유했다고 증명해줄 과자제조기능사 자격도 언젠가 딸 것이다.

오랫동안 휴업 중이었던 가게를 반년 전에 다시 열었다.

아사쿠사 동네는 이웃 관계가 아주 긴밀하다. 부모님 대부터 알고 지내던 단골손님 모두가 축복해주었다.

그러나 매출은 현재 심각한 상태여서, 장부 숫자를 비교해보면 전성기 때의 절반에도 미치지 못했다. 저축해둔 돈이 있으니 당분간은 어떻게든 되겠지만 상황이 나빠질 것은 뻔했다.

어떻게 해야 이 상황을 극복할 수 있을까?

어쨌든 지금은 성실하게 기술을 갈고닦을 수밖에 없겠지……
초조한 마음을 억누르고 구리타는 매일 자신을 다독였다.

*

"야호, 구리! 오랜만이야."

작업장을 나와 약속 없이 온 상대를 만나러 간 구리타는 눈을 깜박였다.

찻집 창가 자리에서 구리타를 기다리는 사람은 야가미 유카와 동행인이었다.

유카는 탁자에 팔꿈치를 대고 양손으로 찻잔을 받쳐 들어 호지차를 마시고 있었다.

"……뭐야. 손님이 너였냐."

중얼거리며 혀를 차자 유카가 토라져서 아랫입술을 삐죽였다.

"혀는 왜 차는데. 모처럼 와줬으니까 좀 기뻐하라고."

"하? 내가 왜 기뻐해야 하는데?"

"그야……. 됐다 됐어. 그보다 구리, 잘 지냈어?"

"그럭저럭."

"여전히 무뚝뚝하네, 구리는. 그래도 변함없으면 좋은 거지."

그러는 유카도 달라지지 않았다.

유카는 열아홉 살로, 오늘은 차분한 분위기의 검은 정장을 입었다. 활발해 보이는 여우 눈과 둥글둥글 부드럽게 만 머리카락의 대비가 재미있는 조합이었다.

구리타와 유카는 같은 초등학교에 다녔다. 질긴 인연이다.

초등학교 시절, 급식비 도난 소동이 벌어져서 유카가 의심을 산 적이 있었다.

범인은 실제로 유카였는데…… 그런 줄도 모르고 구리타가 두둔해준 이래, 툭하면 주변을 얼쩡거렸다.

유카는 고등학교를 중퇴하고 출판사에서 아르바이트를 시작했는데, 타고난 요령을 마음껏 발휘해 최근 맛집 전문잡지 기자로 전직했다.

유카의 기획과 문장은 그럭저럭 좋은 평가를 받는 모양인지, 가끔 가게에 찾아와 자기 기사가 실린 잡지를 여봐란듯이 두고 가곤 했다.

아마 오늘도 일 관계로 왔겠지. 유카의 발밑에 취재용으로 보이는 대형 카메라 가방이 놓여 있었다.

구리타는 유카에게 고개를 숙이고 물었다.

"그런데 오늘은 업무 미팅이야?"

유카 맞은편에는 양복 차림에 풍채가 좋은 남자가 앉아 있었다.

나이는 오십대 중반쯤일까. 햇볕에 탄 피부가 굉장히 정력적이고 관록이 넘쳤다.

유카가 웃었다.

"아니야, 일은 아니고. 이분은 내 먼 친척이야. 오늘은 구리한테 상담할 게 있어서 왔어."

"……상담?"

어리둥절해하는 구리타에게 남자가 명함을 내밀었다.

"처음 뵙겠습니다. 저는 이런 사람입니다."

건네받은 것은 외국어로 된 명함이었다. 어느 나라 말인지 모르겠는데 영어는 아니었다.

구리타의 의아한 표정을 알아차린 남자가 허둥지둥 명함을 한 장 더 꺼냈다. 이번에는 일본어였다.

"다나베 기미오…… 상파울루 푸드 주식회사 대표이사?"

구리타가 명함에서 고개를 들고 상대방을 차분히 뜯어보며 물었다.

"무슨 사정인지 잘 모르겠는데, 상담이란 게 뭐죠."

"사실은 말입니다……."

아무튼 이 자리에서 할 이야기는 아닌 것 같았다. 가게는 지금 텅 비었으나 단체 관광객이 들어올 가능성도 없지 않았다.

구리타는 둘을 안쪽 응접실로 안내했다.

다다미가 깔린 아담한 일본식 방으로 가게와 관계없이 완전한 거주 공간이다. 나카노조나 시호도 용무가 없으면 들어오지 않는다.

구리타와 유카와 다나베는 방석을 깔고 탁자에 둘러앉았다.

"와, 곶감이다. 올해도 벌써 그런 계절이구나……."

유카가 창을 내다보고 반색하며 말했다.

처마에 걸린 곶감은 푸른 하늘과 대비되어 선명하게 두드러지는 주황색이었다.

"이 시기만 되면 예전부터 늘 있었지. 저거 지금은 구리가 만들어?"

"나 말고 누가 만들겠어?"

"하기야."

"뭐, 모처럼 감나무가 있고 대대로 내려오는 전통이니까. 그런 부분도 착실하게 계승해야지."

"헤헤, 구리는 겉보기와 다르게 성실하니까."

"기분 나쁘게 웃지 마. 그보다……."

구리타가 화제를 돌리자 다나베가 가볍게 헛기침을 하고 이야기를 시작했다.

"저는 지금까지 브라질에서 살았습니다."

"브라질요."

구리타가 중얼거렸다.

"20년 만에 귀국한 터라 유카 양에게 일본을 안내해달라고 부탁했지요. 유카 양은 일 관계로 도쿄 지리에 훤하다고 들었거든요."

"다나베 아저씨는 우리 숙모님의 아버님이셔."

유카와 다나베가 얼굴을 마주 보고 고개를 끄덕였다.

구리타는 좀 귀찮은 이야기가 될 것 같다고 생각했다.

"지금으로부터 20년 전 겨울, 거품경제가 막 붕괴하던 시절이었지요."

다나베가 아련한 표정을 지었다.

"부모님께서 믿었던 사람에게 속아 빚을 떠안았습니다. 저도 일자리를 찾았는데, 불황 탓에 괜찮은 자리가 없어서 상파

울루에 있는 지인의 도움을 받았습니다."

그래서 브라질인가, 하고 구리타는 이해했다.

"다시는 돌아오지 못하겠다 싶어서 그날 저는 마지막으로 도쿄를 봐두려고 명소를 돌아다녔습니다. 가까운 사람에게 배신당한 탓에 당시 저는 인간 불신에 빠져 있었어요. 다친 마음을 위로하려는 의미에서도 혼자 있고 싶었는데……. 설상가상이라고 해야 할까요, 여기 아사쿠사에서 폭한을 만났지 뭡니까."

다나베가 말했다.

"폭한을요?"

"네, 하나야시키* 뒷골목을 지나던 때였습니다. 갑자기 불량한 무리에 둘러싸여 곤죽이 되도록 얻어맞았어요……. 정신을 차려보니 길에 쓰러져 있었어요. 얼른 수머니를 뒤져보니 지갑이 없어졌더군요. 도둑맞은 겁니다. 아마 관광객을 노린 범죄였겠죠."

다나베는 한숨을 내쉬었다.

"외국에서도 흔한 얘깁니다. 관광객은 대부분 지갑이 두둑하고 그 주변 사정을 잘 모르니까……."

---

* 아사쿠사에 있는 일본에서 가장 오래된 유원지.

"그것참…… 재난이었네요."

이 주변의 불량배 사정에는 정통한 구리타도 20년이나 전의 이야기라면 당연히 몰랐다.

다나베는 울적하게 고개를 젓고 말을 이었다.

"기가 차다 못해 머릿속이 새하얘져서 저는 아픈 몸을 이끌고 불량배를 찾으러 나섰습니다. 물론 쉽게 찾아지겠습니까. 그렇다고 돌아갈 차비도 없었으니까요. 무턱대고 돌아다니다가 날이 저물어서 제 마음도 덩달아 어두워졌습니다. 배가 고파 당장에라도 쓰러질 것 같았는데 그때, 우연히 이 가게 앞을 지났지 뭡니까."

다나베는 눈부시다는 듯이 가늘게 눈을 뜨고 창 너머를 바라보았다.

"그러고 보니 그때도 이랬지……. 처마에 곶감이 잔뜩 매달려 있었어요."

"아아."

구리타는 자기도 모르게 탄식했다. 감개무량하다는 게 이런 기분일까.

"그 곶감은 아버지가 만든 겁니다."

"그렇겠죠. 공복에 마음까지 삭막해진 터라 저도 모르게 담을 넘어서 하나를 슬쩍하고 말았어요."

다나베는 시선을 아래로 내리깔고 뒷덜미를 긁적였다.

"참 부끄러울 노릇입니다. 그래도 그립군요……. 곶감 맛 자체는 담백해서 기억에 남지 않았는데, 아마 그다음에 겪은 일이 인상 깊어서 그랬을 겁니다. 훔쳐 먹던 제 옆에 구리타 씨의 아버님께서 서 계셨습니다. 묵묵히 저를 바라보다가 다친 것 같은데 괜찮으냐고 물으셨지요."

구리타의 아버지는 곶감 도둑인 다나베를 매몰차게 대하지 않고 진지하게 이야기를 들어주었다.

사정을 다 듣더니 더없이 분개하며 경찰에 지갑을 도난당했다고 신고해주었다고 한다.

"그때 선대인께서 내주신 것이 이 가게의 마메다이후쿠였습니다. 정말 맛있었어요……. 뺨이 다 녹을 것처럼 달콤한 그 팥소의 맛을 20년이 지난 지금도 잊지 못합니다."

마메다이후쿠는 창업한 이래 구리마루당의 명물로, 지금도 잘 팔리는 간판 상품이었다. 맛과 제과법은 예전부터 변하지 않았다.

다나베는 추억을 곱씹으며 눈을 감았다.

"그날의 체험이 있었기에 지금 제가 있다고 해도 과언이 아닙니다……. 얼어붙은 몸과 마음이 따뜻해지고 변두리 동네 사람들의 다정함이 절실하게 느껴져서……. 그 마메다이후쿠를 한 번 더 먹고 싶어요! 그래서 오늘 이렇게 아사쿠사까지 왔습니다."

"그러셨군요."

과연. 구리타는 생각했다.

그 사건 후, 브라질에서 대표이사 자리까지 오를 정도로 일에 전념했던 그는 20년 만에 귀국해서 추억의 맛을 확인하고 싶어졌다.

이럴 경우 당사자인 구리타의 아버지가 대접해야 하지만, 그런 사정은 유카가 미리 설명해둔 것 같았다.

없는 사람은 어쩔 수 없다. 아들로서 대신 도맡을 수밖에.

"그럼 가져오겠습니다."

"부탁할게, 구리."

유카의 간드러진 목소리를 흘려들으며 구리타는 가게로 향했다.

오늘 만든 마메다이후쿠는 아직 많이 남았다.

마메다이후쿠는 분류로 따져 아침 나마가시에 속한다. 아침에 만들어서 그날 안에 먹는 것이 좋다.

구리마루당의 마메다이후쿠 또한 마찬가지다.

갓 만든 떡 반죽은 놀랄 만큼 부드럽고 그 안에 채워 넣은 팥소는 산뜻하니 청량한 단맛이 난다.

두세 입이면 다 먹는 적당한 크기와, 콩이 물방울처럼 볼록볼록 도드라진 모양이 귀여워서 보고 있으면 기분이 좋아진다.

　　구리타는 모양이 좋은 것을 세 개 골라 네모난 화과자 쟁반에 담았다. 차를 곁들여 응접실로 가져갔다.

　　탁자 위에 놓자 다나베가 기뻐하며 볕에 탄 얼굴에 웃음꽃을 피웠다.

　　"오오, 이거야! 고맙습니다, 구리타 씨."

　　"자, 마음껏 드세요."

　　젓가락도 가져왔으나 다나베는 사용하지 않았다. 손으로 집어 입에 넣고는 야금야금 기운차게 씹었다.

　　그런데 다나베의 얼굴에서 차츰 표정이 사라졌다. 우물거리던 입도 멈췄다.

　　"이건……."

　　"왜 그러세요, 아저씨?"

　　옆에 앉은 유카가 놀라서 묻자, 다나베가 착 가라앉은 목소리로 대답했다.

　　"아니야."

　　"네?"

　　"이건…… 그때 먹었던 마메다이후쿠가 아닙니다. 달라요."

　　"네에?"

유카가 얼빠진 소리를 질렀다.

"잠깐만요, 다나베 아저씨! 뭐야! 모처럼 마음 써서 모시고 온 건데 지금 무슨 소리를 하시는 거예요!"

다나베가 퍼뜩 정신을 차리고 입을 막았다.

"아……. 미, 미안해, 유카 양. 워낙 기대했던 터라 나도 모르게 본심이. 도저히 못 참겠더라고."

"대체 뭐냐고요, 진짜!"

유카가 부루퉁한 표정으로 양 주먹을 꼭 쥐고 가슴 앞에서 격렬하게 흔들었다.

"그렇지만 어쩔 수 없잖아. 이 팥소는 다르니까……."

얼굴까지 붉히며 화를 내는 유카와 정반대로 구리타의 얼굴에서는 핏기가 싹 가셨다.

역시 아는 사람은 아는구나…….

구리타 자신도 알고는 있었다.

마메다이후쿠의 맛이 미묘하게 떨어진 것을. 부모님의 맛을 완벽하게 재현하지 못했다는 것을.

만드는 법 자체는 그리 어렵지 않다. 마메다이후쿠의 제과법은 지극히 단순하다.

그러나 똑같이 하는데도 풍미가 이상하게 달랐다.

매일 시행착오를 겪으며 노력하는데도 아직 원인을 파악하지 못해 나카노조도 고개를 갸웃거렸다.

예상하지 못한 손님 덕분에 사소하지만 계속 마음 한구석에 걸렸던 문제와 직접 마주한 셈이었다.

"그 맛은 이제 맛볼 수 없군요……. 구리타 씨, 실례되는 소리를 해서 죄송합니다. 오늘은 정말 감사했습니다."

"……아니요, 저야말로."

구리타는 목소리를 쥐어짰다.

"다나베 아저씨! 뭐예요, 그 태도는!"

맥없이 어깨를 축 늘어뜨린 다나베에게 카메라 가방을 짊어진 유카가 부루퉁하게 쏘아붙였다. 그러나 그는 들리지 않는 것 같았다. 다나베는 오늘 먹을 마메다이후쿠를 굉장히 기대했나 보다.

구리타는 가게를 나서는 둘의 뒷모습을 이를 악물고 배웅했다.

*

그로부터 사흘 후 점심시간. 구리타는 동네 단골 카페로 가는 중이었다.

가끔은 얼굴 좀 비치라고 마스터가 연락했기 때문이다.

그 일 이래, 구리타의 머릿속은 마메다이후쿠로 가득했다.

맛을 재현하기 위해서 매일 밤늦게까지 연습하고 또 연습하며 노력했다. 어젯밤은 자려고 누워도 잠이 들지 않아 밤을 꼬박 새우며 작업장에 틀어박혔다.

그러나 그럴수록 갈망하는 결과가 나오지 않는 법이니, 지금은 조급해하지 말아야 한다. 기분 전환이 필요하다고 판단했다.

마스터의 커피는 물을 이용해 우려내는 더치커피로 절품이다. 향이 깊고 맛이 풍부하고…… 생각하다 보니 마시고 싶어 애가 탔다.

"안녕."

카페 문을 열자 포근한 조명이 가득 채운 유럽풍의 넓은 공간이 나타났다.

복고풍 인테리어는 멋스러우면서 차분해서 역사 있는 가게다운 품격이 있었다.

구리타가 언제나처럼 카운터 자리에 앉자 마스터가 커피를 들고 다가왔다.

"여어, 구리타. 오랜만인데."

"일이 좀 있어서."

마스터는 올해 서른넷이 되는 야성적인 분위기의 남자다.

키가 크고 가슴이 튼실하며 머리 스타일은 올백, 턱에는 덥

수룩하게 수염이 자랐다.

V자 형태의 카페 앞치마가 미묘하게 잘 어울리는 사내다운 외모인데, 성격이 초연하고 경쾌해서 교우 관계도 넓다. 저명한 지식인부터 '야'로 시작하는 직업을 생업으로 삼는 사람까지 두루 알고 지낸다.

취미는 오토바이로, 한때 구리타가 방황하던 시절에는 같이 고개를 내달린 적도 있었다.

마스터는 구리타를 향해 이유도 없이 부적절한 웃음을 지었다.

"다 들었어. 요즘 바짝 졸았다며? 커피와 마찬가지로 일도 너무 졸이면 안 돼."

"……누구야, 쓸데없이 고자질한 놈이."

"나카노조랑 시호랑 유카."

"관계자 전원이잖아!"

구리타는 혀를 찼다.

걱정해주는 것은 고맙지만 노력을 떠벌리지 말아줬으면 좋겠다. 이래 보여도 신중한 성격이니까.

"어제도 밤샘으로 일했나 보다? 눈 밑이 푹 꺼졌어. 귀신 구리타의 박력이 배로 늘었는데."

"언제 얘기야. 그냥 잠을 못 잤을 뿐이야."

"자, 고민이 끊이지 않는 구리타 씨를 위해 낭보가 있어!"

"사람 말 좀 듣지."

"사실 지금 여기에 '화과자의 아가씨'라고 불리는 분이 계시거든. 네 얘기를 했더니 꼭 도와주고 싶다더라."

구리타는 순간 멍해졌다.

"뭐라고? 화과자의……?"

"기품 넘치는 아름다운 영애. 사실 나 혼자 그렇게 부르는 거지만."

"죽는다, 이 자식아. 대체 뭐 하는 사람인데?"

구리타의 질문에 마스터는 의미심장하게 눈을 감고 수염을 쓸었다.

"그게. 사정이 있어서 내 입으로는 말 못 해."

"하?"

"뭐 친해지고 나서 직접 물어봐. 캐묻기 쉽지 않겠지만……어쨌든 예민한 감각과 화과자에 풍부한 조예를 갖춘 사람이 아까부터 너를 기다리고 있어. 컴온, 아오이 양!"

마스터는 안쪽 카운터 자리를 향해 손짓했다.

뭐가 뭔지 잘 모르겠는데, 요는 역경을 보다 못해 조력자를 불러주었다는 소린가 보다.

역시 마스터, 인정이 두터운 진정한 아사쿠사인…… 하고 쓴웃음을 짓는 구리타 앞에 한 여성이 다가왔다.

"처, 처음 뵙겠습니다……."

쭈뼛쭈뼛 인사하는 그녀를 앞에 두고 구리타는 순간 숨을 삼켰다. 대단한 미인이었다.

체구가 자그마했고 나이는 구리타보다 약간 아래로 보였다.

길고 아름다운 흑발에 말끔하고 명랑한 생김새. 산뜻하고 균형 잡힌 용모에서 다정한 투명감이 흘러넘쳤다. 청초한 니트 원피스를 우아하게 차려입은 모습이 정말 어느 집안의 영애 같은 분위기였다.

그렇지만 프로 화과자 장인에게 도움을 줄 사람처럼 보이지 않았다.

이래서 생무지는, 하고 몰래 한숨을 쉬며 구리타도 인사했다.

"안녕하세요, 구리타입니다."

그러자 그녀는 허둥거리며 두 번 연속해서 고개를 숙였다.

"네, 네, 아오이입니다."

긴장했기 때문일까, 거동이 상당히 수상쩍었다.

게다가 말꼬리가 조금 늘어지는 말투가 우아한 외모와 어울리지 않았다.

"저는 기본적으로 과자에 정통할 뿐인 평화주의자입니다만 잘 부탁해요."

왜 저렇게 겁을 내는 거지, 하고 구리타는 의아해했다.

마스터가 잽싸게 옆에서 끼어들었다.

"어이어이, 구리타. 아무리 아오이 양이 매력적이라도 그렇게 눈을 번뜩이며 응시하면 쓰나. 무서워하잖아."

"누가 번뜩였다고 그래? 아……. 아니, 내가 그랬나?"

밤을 새워 시커메진 눈 밑이 원인인 것을 깨닫고 구리타는 손바닥으로 얼굴을 쓸었다.

"아, 아니요. 전혀 무섭지 않아요."

아오이는 곤란해하며 웃는 얼굴로 손사래를 쳤다. 말과 반대로 안절부절못하는 그녀를 보며 마스터가 상황을 수습했다.

"어쨌든 구리타, 아오이 양과 같이 산책이라도 하고 오지?"

"'어쨌든'은 뭔데? 말이라고 대충 하면 다냐고. 애초에 나는 이런 걸 부탁한 적도 없잖아."

"그건 그렇지. 나는 네가 입 밖으로 꺼내지 않은 가냘픈 마음의 목소리를 듣고……."

"기분 나쁜 소리 하지 마!"

자신은 노포를 꾸리는 화과자 장인이다. 풋내기 여자에게 배울 것은 없다고 생각한 구리타가 마스터를 노려보며 대치하는데, 연약한 목소리가 들렸다.

"아, 아아아……."

고개를 돌리자 아오이가 새파랗게 질린 얼굴로 떨고 있었다.

"어쩌지. 나 때문에 남자들의 우정에 금이……. 애증이 뒤섞인 육탄전을 시작하다니……."

얼마나 놀랐는지 엉뚱한 소리를 해댔다.

그 덕분에 구리타도 머리가 식었다.

배울 것이 없더라도 여자에게 악의는 없고, 모처럼 와준 사람을 쫓아내는 것도 아니다 싶었다.

마스터가 가볍게 헛기침을 했다.

"그게, 아오이 양은 워낙 낯가림이 심한 성격이라서. 우리랑 달리 아주 섬세한 감성의 소유자라고. 익숙해지면 태도도 자연스러워질 테니까 이상한 사람이라고 생각하지 말아줘."

"그렇게 생각 안 해. 그리고 나도 섬세하다고."

"오늘은 따뜻하니까 산책하기 딱 좋은 날이겠어."

마스터는 구리타의 항변을 억양 없는 대사로 무시했다.

"아오이 양은 오늘 아사쿠사가 처음이라고 해. 가볍게 관광 안내라도 하면서 친해진 뒤에 본론으로 들어가도 늦지 않지."

"본론 말이지."

구리타가 중얼거렸다.

아까 그녀는 과자에 정통하다고 자신을 소개했다. 이러니저러니 해도 마스터가 소개할 정도이니 아예 생무지는 아닐 것이다. 조금쯤은 참고가 될지도 모른다.

고개를 돌리자 아오이가 허둥지둥 머리카락을 손으로 빗어 정리하고 고개를 끄덕였다.

"명소를 여기저기 둘러보고 싶어요. 괜찮으시면 안내를 해 주시면 좋겠는데……."

"어디 가고 싶어?"

"그게……. 이럴 때는 역시 유명한 곳인 센소지일까요?"

"가까워."

구리타는 군복 재킷을, 아오이는 얇은 케이프 코트를 걸쳤다.

*

처음에는 태도가 딱딱하던 아오이도 거리를 걷다 보니 입이 풀렸다.

어색했던 표정이 부드러운 미소로 바뀌더니 구리타 옆에서 주변을 둘러보며 즐겁게 재잘거렸다.

"이렇게 역사가 느껴지는 거리, 진짜 좋네요. 저, 좋아해요. 운치 있는 가게가 이렇게나 많고 간판 글씨에도 활력이 넘치고."

전국적으로 체인점을 낸 회전초밥 간판을 바라보며 그런 소리를 하는 아오이. 참 순진무구하달까.

"아니, 저건······."

"어머나, 운치 있는 채소 가게 발견!"

구리타가 지적하기 전에 아오이의 흥미는 다음으로 옮겨 갔다.

맥락이 없다기보다는 침착함이 부족했다. 감정이 흐르는 대로 단어가 샘솟는지, 화과자에 관한 것은 아예 화제에 오르지 않았다.

"과일도 팔고 있네요. 아, 채소 가게가 아니라 청과점이군요. 이 사과는 진짜 맛있어 보여요."

아오이가 가리킨 가게 앞의 사과에는 당도를 나타내는 스티커가 붙어 있었다.

당도 13도. 이 가게에서는 흔한 수준이다. 아무튼 달달한 사과였다.

"먹을래?"

"아, 아니요. 아까 카페에서 점심을 먹은 참이라 배가 불러요."

"그럼 내 것만."

구리타는 사과를 사서 점심 대신으로 베어 먹으며 오렌지 거리를 남하해 왼쪽으로 꺾었다.

아오이는 즐겁게 수다를 떨었다. 구리타도 그럭저럭 즐겁긴 했으나 이 여자가 정말 화과자에 대해서 알긴 아나? 하고 약간 불안함을 느끼며 걸었다.

유명한 고구마 양갱 가게와 원조 가미나리오꼬시* 가게를 지나 드디어 가미나리몬**에 도착했다.

"와! 라이몬!"

아오이가 한층 더 신이 나서 하는 소리에 구리타는 저절로 힘이 쭉 빠졌다.

"라이몬이 아니야……. 저 한자는 가미나리몬이라고 읽어."

"아, 그런가요?"

아오이는 뺨을 살짝 붉히고는 "공부가 됐어요" 하고 부끄러운지 조용히 말했다.

그러고는 민망함을 날려버리기라도 하는 것처럼 구김살 없이 웃어 보였다.

"그건 그렇고 크네요! 가미나리몬의 제등, 진짜 커다래요! 인터넷에서 본 사진이랑 완전히 똑같아! 옛날 사람들은 힘이 셌나 봐요."

반응이 뭐 이러나. 어떻게 대꾸해야 할지 곤란해하며 구리타는 말을 찾았다.

---

* 찐 쌀을 볶아 부풀린 것에 물엿, 설탕, 땅콩 등을 섞어 만든 과자.
** 센소지 경내로 들어서는 첫 번째 입구.

"그, 그렇지. 옛날 사람이라고 할까, 마쓰시타 고노스케*** 씨지만."

"네?"

"저거 봐. 제등 아래 금색 부분에 적혀 있잖아."

"아, 진짜다."

제등 아래쪽에 '마쓰시타 전기'라는 글씨가 새겨진 것을 보고 아오이가 눈을 동그랗게 떴다.

"예전에 마쓰시타 씨가 병 때문에 센소지를 참배했는데, 병이 나아서 감사하는 의미로 기증했대. 지금은 아사쿠사의 어엿한 상징이 됐고."

"우아아, 역시 여기 사는 분은 박식하시네요."

이런 나사 빠진 대화를 나누며 문을 지나 나카미세 거리로 들어갔다.

거리 양쪽에 운치 있는 가게들이 처마를 나란히 한 참배 길을 둘은 느긋하게 걸었다.

이대로 200미터쯤 걸어가면 산문인 호조몬이 나오고, 센소지는 그 너머다.

평일이어도 주변에 관광객이 북적여 작은 규모의 축제 분위

*** 파나소닉의 전신인 마쓰시타 전기산업의 창립자.

기였다. 이곳에서는 일상적인 풍경이었다.

"저기 모퉁이에 있는 가게가 아와젠자이*로 유명해. 먹어본 적 있어? 안세이 원년인 1854년에 창업했는데, 지금도 그때랑 맛이 똑같대. 한턱낼까 하는데…….'

"고맙습니다. 그래도 지금은 배가 불러서요."

"그렇댔지."

"그래도 저, 맛집을 여기저기 많이 아는 남성분은 멋지다고 생각해요. 솔직히 존경스러워요."

"아니…… 나야 일이 일이니까."

왠지 부루퉁하게 대꾸하고 말았다. 예전부터 이런 성격이었다.

덴보인** 앞을 거쳐 오층탑을 바라보면서 호조몬을 지나 마침내 목적지에 도착했다.

센소지. 도쿄 도내에서 가장 오래된 절로 일본 유수의 참배 명소이다.

이 동네 거주민인 구리타로서는 굳이 참배할 필요가 없지만, 그래도 아오이와 어울려 종을 울리고 눈을 감았다.

이쯤이면 아오이도 만족했을까?

---

* 조를 찌고 그 위에 팥소를 듬뿍 올린 단팥죽과 비슷한 디저트.
** 센소지의 주지가 대대로 사는 곳.

눈을 뜨고 옆을 보자, 그녀는 어느새 발돋움을 하고 먼 곳을 보고 있었다.

"왜 그래?"

"그게요, 저쪽에도 뭐가 있나요?"

"아사쿠사 신사. 여긴 절이고 저기는 신사야. 가볼까?"

"네."

아오이의 대답이 구김살 없이 해맑아서 이쯤 되니 구리타의 어깨에서도 힘이 빠져나갔다.

……마스터는 잠깐 숨 좀 돌리라는 뜻으로 말도 안 되는 거짓말을 하면서 이 여자를 소개해준 거겠지. 골탕을 먹은 셈이지만 끝까지 어울려도 나쁠 것은 없었다.

그렇게 생각하며 돌층계를 뛰어 내려가는 아오이를 따라 도리이***를 지났다.

센소지와 달리 아사쿠사 신사에는 참배자가 뜸했다.

데미즈야****에서 손과 입을 정화하고, 새전함에 동전을 던지고 합장했다.

아사쿠사 신사는 도쿄의 신사 중에서 가장 격이 낮다는 말

*** 일본 신사의 입구에 세우는 두 기둥의 문.
**** 신사나 절을 찾은 참배자가 손이나 입을 씻을 수 있도록 물을 받아 두는 건물.

이 있다. 모셔진 신체가 원래 사람이었기 때문이다.

스이코 여왕 시대*, 어부 두 명이 강에서 낚시를 하다가 그물에 걸린 관음상을 건졌고, 그것을 신으로 모시라고 조언한 인물과 셋이서 신사를 일으킨 것이 기원이라고 전해진다.

그런 이유로 '세 신사님'이라고도 불린다.

구리타는 정보의 정확성은 미뤄두더라도 재미있는 일화라고 생각했지만, 만족스럽게 기도를 올리는 사람에게 그런 지식은 일부러 알려주지 않아도 될 것이다.

아오이가 천천히 눈을 뜨더니 길게 숨을 내쉬었다.

"하아…… 만끽했어요. 보고 싶었던 명소를 전부 둘러봐서 대만족이에요! 구리타 씨, 오늘은 감사했어요."

"아아, 나야말로."

오랜만에 숨도 돌렸고, 종잡을 수 없는 그녀의 성격도 대충 파악했다.

낯을 좀 가리지만 익숙해진 상대에게는 자유분방한 성격을 아낌없이 드러내는, 일종의 천연기념물적인 부류에 속하리라. 그런 성격과 청초한 외모의 차이가 불가사의한 매력을 뿜어냈다. 말끝을 늘이는 말투도 꽤 재미있어서 지금은 호감을 느꼈다.

---

* 592~628년에 재위한 일본의 33대 천황.

그래서 자기도 모르게 추가로 제안했다.

"그런데 이 정도로 만족하기에는 너무 이르지 않을까? 아사쿠사에는 재미있는 곳이 더 많아. 가파바시 도구 거리**나 아사히 맥주 본사 빌딩이나."

"아사히 비루의 비루? 그거 다자레***인가요?"

"아니야! 그 빌딩 옆에 형태가 독특한 조형물이 있거든. 당신 성격으로 봐서 아마 마음에 들 거야. 괜찮다면 안내해줄게. 어때?"

"아니에요, 괜찮아요."

"그래……."

"물론 흥미는 있어요. 그래도 너무 늦어지면 안 되고, 저 지금부터 구리타 씨의 가게에 가려고 했거든요."

"……뭐라고?"

"그야, 왜냐하면 오늘의 원래 목적을 아직 못 이뤘잖아요. 여기저기 안내해주셔서 저는 정말 즐거웠지만 이대로 해산할 수는 없으니까요."

"아니, 나는 그냥 해산해도 상관없는데."

** 조리용품, 주방용품, 식당용품 등을 전문으로 판매하는 도매상이 모인 거리.
*** 동음이의어나 유사한 발음의 단어를 늘어놓는 말장난. 일본어로 맥주와 빌딩은 모두 '비루'라고 발음되기에 아오이는 다자레라고 생각했다.

본업이 화제에 오른 순간, 말투가 험악해졌다.

노포의 4대째 주인으로서 자신보다 미숙한 자에게 가르침을 받는다는 것에 내심 저항감을 느꼈다.

그러나 아오이는 개의치 않고 눈을 감더니 장난스럽게 새하얀 검지를 흔들어 보였다.

"상관이 있답니다, 저는요."

그 태도는 제쳐놓더라도 아오이는 생각보다 의리가 두터운 성격인 모양이었다.

"사실 마스터한테 사정을 듣고 이미 가설을 세워뒀어요. 그런데 몇 가지 의문점이 있어서 아무래도 실제로 만드는 과정을 봐야겠어요."

"아, 상황 자체는 이미 알고 있구나."

"네. 저는 아무것도 모르는 상태로 소용돌이에 뛰어들 정도의 모험가가 아니거든요. 굳이 말하자면 돌다리를 두들겨서 깨는 타입이에요."

"깨서 어쩌려고."

"그 정도로 꼼꼼하게 사전 조사를 한다는 소리예요. 아무튼 아사쿠사를 안내해주신 답례는 제대로 하고 싶어요. 개인적으로 흥미도 있으니까 구리타 씨 가게의 작업장을 꼭 보여주세요!"

그늘 하나 없이 맑은 눈동자가 올려다보자, 구리타는 무의미하게 머리를 긁적였다.

"거참……. 알았어."

딱히 기대는 안 하지만 원하는 대로 해주기로 했다.

*

예상대로랄까, 구리마루당에 아오이를 데리고 돌아가자 나카노조와 시호가 어마어마하게 흥분해서 달려들었다.

"자…… 잠깐만요, 구리 씨! 어딜 뜯어봐도 양갓집 규수 같은 이 여성은 대체!"

"뭐야, 실망했어, 구리. 새파랗게 어린 소녀를 속여서 낮부터 집으로 끌어들이다니. 하늘이 용서하더라도 이 시호가 용서하지 않겠다!"

"그만두시지. 이상한 추측 하지 마. 이 아가씨는 마스터가 소개해준 순수한 조력자니까."

"아, 네. 순수한 조력자인 아오이입니다."

잔뜩 긴장해서 자기소개를 한 아오이는 이어서 뜻밖의 정보를 제시했다.

"저, 그리고…… 이래 보여도 나이는 먹을 만큼 먹었어요. 얼

마 전에 스무 살 생일이 지났으니까 어엿한 성인 여성이랍니
다."

"뭐라고?"

이번에는 구리타가 놀랐다. 설마 연상일 줄이야.

"어라? 왜 그러세요, 구리타 씨. 갑자기 시큼한 거라도 먹은
표정을 지으시고."

"아, 아무것도 아니야. 어쨌든 작업장으로 갈까? 아…… 그,
아오이 씨."

"꺄! 갑자기 이름으로 부르다니 부끄러워요."

허둥거리며 양손으로 얼굴을 감싸는 아오이에 구리타는 대
체 어디까지가 진심일지 몰라 혼란스러웠다.

"……그쪽이 그렇게 말했잖아. 아니, 성이 아니라 이름이었
어?"

아오이 어쩌고 씨가 아니라 어쩌고 아오이 씨였나 보다.

"죄, 죄송해요. 모르는 사람의 집에 방문하는 게 너무 오랜만
이어서 지금 저 너무 들뜬 것 같아요. 신경 쓰지 마시고 가요."

괜찮을까, 이 사람……?

말로 표현하진 않았으나 일말의 불안감을 안은 채, 구리타
는 아오이를 안으로 데리고 들어갔다.

시호와 나카노조에게 사정을 설명해 작업장에는 구리타와 아오이만 남았다.

구리타는 물론이고 아오이도 지금은 하얀 가운과 모자 차림이었다.

……아예 초보자는 아니군. 분명 자주 입어본 느낌이야.

그녀의 정체에 흥미를 느끼면서도 구리타는 포커페이스를 유지하고 물었다.

"얘기는 마스터에게 들었다고 했지?"

"아, 괜찮다면 구리타 씨한테 자세하게 한 번 더 듣고 싶어요. 놓친 게 있을 수도 있으니까요."

"뭐, 그렇게 복잡한 얘기는 아니야."

구리타는 아오이에게 자세하게 설명했다.

야가미 유카의 먼 친척인 다나베가 20년 전 아사쿠사에서 불량배에게 습격당해 구리타의 아버지의 도움을 받은 것.

그때 먹었던 마메다이후쿠를 잊지 못해 찾아왔으나 기억 속의 맛과는 다르다는 것.

'그렇지만 어쩔 수 없잖아. 이 팥소는 다르니까…….'

다나베가 했던 그 말까지 설명을 마치자, 아오이는 날렵한 턱에 손을 대고 잠시 침묵했다.

"으음, 단순해 보이면서도 생각보다 복잡한 사건 같은 냄새가 나는데요. 뭐랄까, 행동의 정합성이……. 어쨌든 구리타 씨, 팥소 만드는 과정을 보여주실 수 있을까요?"

"내 팥소에 문제가 있다는 거냐."

순간 울컥 화가 치밀었다.

"사람을 아주 아래로 보는 것 같은데, 아오이 씨?"

"아니요, 키로 따져서 지금 제가 완전히 아래로 보이는 것 같은데요. 화과자에 한해서는 타협하지 못하는 성격이라서요."

놀랍게도 아오이는 동요하지 않고 여유롭게 받아쳤다. 그런 자신감이 어디에서 오는지 조금 흥미가 생겼다.

게다가, 하고 구리타는 생각했다. 냉정하게 생각해보면 엉뚱한 주장도 아니었다.

구리마루당의 마메다이후쿠 제과법은 크게 두 가지 부분으로 나뉜다.

1. 팥소를 만든다.
2. 완두콩을 박은 얇은 떡 반죽으로 팥소를 감싼다.

떡 반죽은 구리타의 아버지가 했던 것과 마찬가지로 업무용 제떡기를 사용해 만든다. 반죽에 섞는 소금으로 데친 완두콩은 홋카이도 도카치산을 쓴다. 즉, 도구와 재료는 같다.

그렇다면 역시 문제는 팥소를 만드는 기술에 있다.

팥소는 화과자의 기본이고 가게의 독자적인 맛을 내는 포인트이며 장인의 실력이 여실하게 반영되는 핵심적인 부분이기도 하니까.

……뭐야, 조금쯤은 아는 것 같네.

내심 그녀에 대한 견해를 바꾸며 구리타는 부루퉁하게 말했다.

"……그럼 늘 하던 대로 한다."

"잘 부탁합니다."

구리타는 도카치 팥이 대량으로 든 대바구니를 스테인리스 작업대에 올렸다.

벌레 먹은 팥을 한 알 한 알 수작업으로 골라내고, 선별한 것을 우물에서 길어 올린 물에 담근다. 물을 흡수하면 팥 껍질이 부드러워져서 두두룩하게 부풀어 오르는데…….

구리타는 고개를 들어 옆에서 작업을 관찰하는 아오이를 보았다. 여전히 가련한 용모지만 아까와 다르게 진지한 표정이었다.

무언가에 집중하고 있을 때, 사람은 강해 보이는 법이다. 눈빛이 아름다웠다.

왠지 압도되는 기분에 구리타는 가볍게 헛기침하고 물었다.

"지금 계절에 우리 가게는 하룻밤 물에 담가놓거든. 여름에는 여섯 시간 정도지만⋯⋯ 어떻게 할까, 아오이 씨?"

"아무래도 열두 시간이나 기다릴 수는 없으니까요. 그건 생략하죠. 오늘은 만드는 과정만 보면 되니까요."

"좋아."

구리타는 팥과 물을 보즈 냄비에 넣어 불에 올렸다.

보즈 냄비는 마루조코 냄비라고도 불리는데, 냄비 바닥이 반구형이어서 팥소가 잘 눋지 않는다. 일반 가정에서는 잘 쓰지 않지만, 열전도율이 뛰어나 편리한 조리 기구이다.

강불에서 한소끔 끓이면 팥이 보글보글 소리를 내며 표면으로 떠오른다. 이때 온도를 낮추기 위해 물을 부어 다시 팥이 잠기게 한다.

그 후에 시간을 들여 정성껏 삶는 것이 구리마루당의 전통이었다. 이렇게 하면 팥의 주름이 펴지고 골고루 열이 전달된다.

팥이 삶아지는 향긋한 냄새가 금세 작업장을 가득 채웠다.

삶은 국물 표면에 하얗게 거품이 생기는 것을 들여다보며 아오이가 물었다.

"구리타 씨, 시부키리는요?"

"당연히 하지."

시부키리는 떫은맛이 나는 성분을 제거하는 작업으로, 이

과정을 거치지 않으면 팥소의 맛이 씁쓸해져서 산뜻한 풍미가 나오지 않는다.

구리타는 끓는 물을 버리고 냄비를 씻은 뒤, 팥을 소쿠리에 담아 빠르게 헹궜다.

다시 냄비로 팥을 삶고 물을 붓는 작업을 차분하게 반복했다.

"으음, 솜씨가 대단하세요. 구리타 씨는 야무지게 작업하시네요."

"이런 걸 소홀히 못 하는 성격이라."

"멋져요."

구리타는 살짝 턱을 당겼다.

초보자를 겨우 벗어났을 뿐인 사람한테 잘난 척하는 소리를 들으면 보통 기분이 나쁠 텐데, 아까부터 더없이 진지한 아오이에게서는 왠지 그런 느낌이 들지 않았다.

갑자기 그녀가 묘한 질문을 했다.

"그런데 구리타 씨, 왜 이번 일에 그렇게 필사적이세요?"

"어?"

"아…… 죄송해요. 마스터한테 조금 들었는데, 지금 가게 경영 상태가 그렇게 좋지 않다면서요. 그런데 한 푼 이익도 안 될 봉사라니."

"아아, 그런 뜻인가. 그런 소리를 참 아무렇지 않게 말한다?"

"죄송해요. 그래도 어쩌다가 고향에 돌아온 분이라면 단골 손님이 되지도 않을 텐데요."

사과하면서도 서슴지 않고 말하는 아오이에게 구리타는 가볍게 한숨을 내쉬고 대답했다.

"뭐. 그래도 상관없어."

구리마루당의 맛을 20년이나 잊지 않은 사람이 있다는 그 사실이 기뻤고, 자신이 아버지의 맛을 재현하지 못해 분하기도 했다.

어떻게든 할 수 있는 사람은 오직 자신뿐이니까, 이 상황에서 꽁무니를 빼면 남자가 아니다.

"뭐가 이득이고 손해인지, 그런 건 의미 없어. 하고 싶으니까 하는 거야. 그러면 안 되나?"

"……멋있다고 생각해요."

아오이의 목소리가 더욱 들떴다.

"저도 의욕이 생기네요. 기합을 넣어서 도와드릴게요!"

"오오, 뭔지는 모르겠지만 부탁해."

악의라곤 하나 없이 천연덕스러운 모습에 맥이 빠져 구리타는 어느새 그녀의 웃음을 자연스럽게 받아들였다.

시부키리를 네 번쯤 반복해 한 시간이 지났다.

손가락으로 쉽게 부스러질 정도로 팥이 물러졌을 즈음에 물을 버리고 설탕을 넣었다.

구리마루당에서 사용하는 설탕은 결정이 크고 순도가 높은 싸라기설탕이다. 일반적인 설탕보다 품격 높고 깔끔한 단맛이 난다.

"이제 약불로 줄여서 30분쯤 졸이면 돼. 다음에는 국자로 반죽하면서 수분을 날리지. 마지막에 소금을 한 움큼 넣으면 완성이야."

구리타는 가만히 냄비를 들여다보았다.

지금은 점성 높은 새까만 수프 같아도 열이 식으면 부드럽고 다루기 쉬운, 부드러운 팥소가 완성된다.

"그렇군요, 그래요."

아오이가 열심히 고개를 끄덕였다.

"이제 대충 알겠어요. 구리타 씨 팥소의 문제점을."

"······하?"

구리타는 눈을 크게 떴다.

"그게 무슨 소리야, 어이! 먹어보지도 않고 어떻게 알아?"

저절로 말투가 거칠어졌다. 작업장에서 무책임한 소리는 듣고 싶지 않았다.

"먹어본 적 있어요."

"뭐라고……?"

"좀 옛날이지만요. 아사쿠사 구리마루당의 마메다이후쿠는 워낙 유명하니까요. 10년 전쯤일걸요? 제가 아직 꽃보다 아름답던 초등학생일 때, 아버지가 사다 주신 마메다이후쿠를 정말 맛있게 먹은 적이 있어요. 저는 한번 먹은 화과자 맛은 절대로 잊지 않으니까요."

아오이가 단호하게 말했다.

"지, 진짜냐?"

"진짜죠!"

진지한 표정으로 진지하게 그런 소리를 들으니 구리타는 약간 기가 죽었다.

"그렇지만 아오이 씨……. 그 맛의 기억과 지금 내 작업 과정이 어떻게 연결되는데?"

"그게 말이죠. 단것에 한해서지만, 저는 먹기만 해도 어떤 재료로 어떻게 만들었는지 대략 알 수 있거든요."

절규했다.

설마 싶었지만 아예 말이 안 되는 소리는 아니었다. 실력이 뛰어난 요리사라면 그런 흉내를 낼 수 있을 것이다. 남다른 미각과 지식이 있다면 절대 불가능은 아니다.

……그렇지만 아오이가 그렇다고?

구리타는 의심에 가득 찼다.

그러니까 아오이는 기억하는 맛과 지금 본 팥소 만드는 과정을 조합해 다른 점을 발견했다는 소리였다. 그 정도의 기예는 구리타도 불가능했다.

"저기…… 죄송해요. 너무 무서운 표정은 짓지 마세요. 저는 그저 구리타 씨를 도와드리고 싶어서."

"무서운 표정이 아니야. 이건 날 때부터 이렇다고."

구리타는 위압적으로 천천히 입가를 끌어 올렸다.

"그보다 뭔가 알아냈다면 알려주지그래. 팥소의 맛이 다른 이유를."

"네. 그럼 귀를 좀 빌려주세요."

아오이가 얼굴을 가까이 대고 속삭인 직후, 구리타는 나직하게 탄식했다.

"뭐……?"

반론할 여지가 없었다. 구리타 역시 전문가였으므로 그녀의 말이 정답이라는 것을 알 수 있었다.

……이 여자 대체 뭐지?

구리타는 새삼스럽게 아오이를 살폈다.

"맹점이었죠? 다음에 한번 시험해보세요. 아, 그리고 하나 더 중요한 게 있어요. 이건 정말로 크게 말 못 할 얘긴데요……."

　지금의 지적보다 얼마나 더 충격적인 이야기일까, 이제 의심할 기력조차 없었다. 이제는 아무리 말이 안 되는 소리라도 믿을 수 있는 심정이었다.

"……무슨 그런."

"세상에는 그런 일도 있는 법이에요."

　아오이는 조리용 하얀 가운을 벗고 케이프 코트를 걸치며 구리타에게 상냥하게 웃어 보였다. 창 너머로 내리쬐는 반투명한 빛을 받아 그녀의 웃는 얼굴은 눈부시게 따뜻했다.

"그나저나 구리타 씨, 급하게 마무리하게 돼서 죄송한데 저, 너무 늦으면 혼이 나니까 오늘은 이쯤에서."

"아, 아아…… 미안해, 늦게까지."

　그러고 보니 벌써 해가 기울었다.

　다양한 사건이 연달아 일어나 순식간에 지나간 하루였다.

　뒷문으로 나가기 직전, 아오이가 생각났다는 듯이 뒤를 돌았다.

"구리타 씨, 구리타 씨 실력은 절대 나쁘지 않아요. 오히려 오늘 보면서 대단한 재능을 지닌 분이라고 감탄했어요. 지식과 경험을 쌓으면 아사쿠사에서 최고로 꼽히는 장인이 되실 거예요. 저라도 괜찮다면 언제든 협력할게요."

"……아아, 생큐."

구리타는 맥 빠진 목소리로 대답했다. 방금 들은 아오이의 말에 사로잡혀 마음이 붕 떴다.

"그러고요" 하고 아오이는 목소리를 조금 낮췄다.

"……그 다나베 씨라는 분은 부디 신중하게 대응하셔야 할 거예요."

의미심장한 말을 남기고 떠나는 아오이의 뒷모습을 구리타는 반쯤 넋을 잃고 배웅했다.

*

그날 구리타는 밤늦게까지 작업장에 틀어박혔다.

아오이가 조언해준 방법으로 팥소를 다시 만들어 얇은 떡 반죽으로 정성껏 싸자, 구리마루당의 명물인 소박하고 아름다운 마메다이후쿠가 완성됐다.

손에 쥐고 조심스럽게 입에 넣었다. 씹자마자 심장이 쿵쿵 뛰었다.

……생전에 부모님이 만들었던 것과 똑같은 맛을 재현해냈다.

놀라움과 동시에 깊은 감동이 밀려왔다.

의식이 저 먼 곳 어딘가로 끌려가는 것처럼 현기증이 일었다.

가슴에 떠오른 것은 작업장에서 일하던 부모님의 생전 모습.

부모님은 이런 순서를 거치며 매일 신중하게 전통적인 맛을 지켰다. 자신은 지금 간신히 부모님과 같은 지평에 섰다…….

이어서 강렬한 슬픔이 덮쳐왔지만 의지의 힘으로 견뎠다.

감상에 젖을 때가 아니었다. 지금 자신에게는 아직 그럴 여유가 없었다.

늦은 밤, 작업장은 고요했다. 구리타는 침묵 속에서 나직하게 중얼거렸다.

"그건 그렇고 아오이 씨…… 당신은 도대체 어떤 사람이지?"

*

그 주 일요일.

구리타는 유카에게 연락해 다시 다나베를 구리마루당에 데리고 와달라고 부탁했다.

지난번에는 마메다이후쿠 제과법에 약간 문제가 있었으나 이번에야말로 만족하게 할 자신이 있다고 전하자 둘은 기뻐하며 아사쿠사까지 와주었다.

"나 왔어, 구리! 오늘 일부러 고마워!"

유카가 손을 흔들었다. 그녀는 오늘도 무거운 취재용 카메라 가방을 등에 지고 나타났다.

"나야말로 미안하다."

"아니야. 구리의 부탁인데. ……그런데 그 사람은 누구야?"

유카의 시선 너머에는 약간 어색하게 굳은 아오이가 있었다. 둘은 경직된 웃음을 지으며 인사했다.

"안녕하세요. 저는 아오이라고 해요."

"아오이?"

유카가 콧잔등에 주름을 잡고 구리타에게 조용히 물었다.

"……누구야, 아오이 씨가? 나 이런 사람 몰라. 설마……."

"상상의 날개 펼치지 마. 날갯짓도 하지 말고. 이 사람은 과자에 정통하다고 마스터가 소개해준 상담자야. 한마디로 화과자 조언자라고나 할까."

"흐응……."

도무지 이해하지 못하겠다는 분위기로 유카는 눈을 가늘게 떴으나 곧 한숨을 쉬고 표정을 고쳤다.

"아무래도 좋아. 오늘 주인공은 다나베 아저씨니까 모처럼 즐거워하시는데 찬물을 끼얹을 수도 없고."

유카의 말대로였다. 구리타가 고개를 돌리자 다나베는 민망해하면서도 환하게 웃었다.

"이거야 원, 구리타 씨. 지난번에는 정말 실례가 많았습니다. 너무 그리워서 저도 모르게 흥분했네요."

"괜찮습니다."

"그래도 그만큼 오늘은 기대하고 있습니다. 드디어 그 추억의 맛을…… 뺨이 녹을 정도로 달콤한 마메다이후쿠를 다시 먹을 수 있다니요!"

구리타는 미소를 지으며 가게 안으로 둘을 안내했다.

가게는 시호와 나카노조에게 맡기고, 지난번처럼 다다미 응접실로 손님을 안내했다.

실내로 오후 2시의 밝은 햇볕이 내리쬤다. 처마에 걸린 단감이 마치 주황색 포렴 같아서 따사로워 보였다.

구리타, 아오이, 유카, 다나베 네 사람이 탁자를 둘러싸고 앉았다.

탁자 위에 이미 인원수대로 마메다이후쿠와 뜨거운 녹차를 준비해두었다.

"드세요, 다나베 씨."

"그럼…… 사양하지 않겠습니다!"

구리타가 재촉하자 다나베는 침을 삼키고 직사각형의 화과자 접시에 손을 뻗었다.

둥글둥글 하얀 마메다이후쿠를 들고 입에 넣었다.

조심조심 우물거리던 다나베의 턱이 갑자기 우뚝 멈추더니 눈이 휘둥그레졌다.

꿀꺽 소리를 내며 삼키고 그는 탁자 위로 불쑥 몸을 내밀었다.

"이거다……. 이겁니다! 제가 그 오랜 세월 동안 먹고 싶었던 마메다이후쿠!"

다나베는 감격에 겨워 얼굴을 찡그렸다.

"지난번에는 미묘하게 풍미가 달랐는데 이번에는 완전히 똑같아요! 제가 20년 전에 먹었던 것과 완전히 똑같은 맛입니다!"

다나베는 덥석덥석 연달아 마메다이후쿠를 입에 넣더니 눈 깜짝할 사이에 자기 앞 접시에 있던 세 개를 해치워버렸다.

"아얏, 맛있어! 정말 맛있습니다! 구리타 씨, 혹시 더 없나요……."

"그럼 이걸."

구리타는 자기 접시를 내밀었다.

다나베는 기다렸다는 듯이 접시를 받아 마메다이후쿠를 꿀꺽꿀꺽 삼켰다.

"아아, 맛있군요……. 이겁니다, 이거! 뺨이 녹을 정도로 정말 달콤하고 맛있어요. 꿈에서까지 봤던 그 마메다이후쿠…….

20년 전의 기억이 되살아나는군요!"

다나베의 눈에 눈물이 맺혔다.

"그 겨울날, 다친 제게 다정하게 말을 걸어주신 선대인. 그로부터 20년이 지나 제 억지 요구를 듣고 추억의 맛을 재현해주신 구리타 씨. 두 부자께서 제 마음을 위로해주셨습니다. 감개무량합니다……."

다나베의 목이 메었다.

"고생하셨지요, 구리타 씨. 이렇게 짧은 시간에 얼마나 시행착오를 겪었을까, 그 노력을 생각하면 눈물이 납니다. 정말 뭐라 감사해야 할지 모르겠어요……."

옆에 앉은 유카도 감격했는지 눈가에 눈물을 달고 있었다.

"다행이에요, 다나베 아저씨……."

"아아, 추억의 아사쿠사에서 멋진 사람과 만났어. 일본에 돌아오길 잘했지."

"응……. 이런 게 변두리 동네만의 사람 냄새 나는 일화지. 맞다! 내가 지금 담당하는 맛집 관련 기획에 이걸 써볼게. 반드시 멋진 기사가 될 거야!"

유카는 취재용 가방을 열어 디지털 일안리플렉스카메라를 꺼내 감격의 눈물을 훔치는 다나베에게 들이밀었다.

"다나베 아저씨, 괜찮죠?"

"괜찮고말고. 내가 할 수 있는 일이라면 뭐든. 우는 얼굴쯤이야 몇 장이든 찍어도 좋아. 이렇게 맛있는 마메다이후쿠는 더 많은 사람이 먹어야 하니까!"

뚝뚝 눈물을 흘리며 마메다이후쿠를 먹는 다나베를 유카는 여러 각도로 촬영했다.

이윽고 유카는 구리타에게 카메라를 돌리더니 애교 섞인 윙크를 했다.

"최고 공로자니까 구리도 찍어도 되지?"

"안 돼."

"어……?"

눈을 동그랗게 뜨는 유카를 향해 구리타는 차분하게 말했다.

"어설픈 연극은 그만두시지. 지금 먹은 건 지난번 것과 완전히 똑같아. 맛이 다를 리가 없어. 이봐요, 다나베 씨…… 당신, 사실은 아버지의 마메다이후쿠를 먹은 적이 없지?"

그 자리가 순식간에 얼어붙었다.

*

"무, 무슨 말씀이신지."

다나베의 웃는 얼굴이 경련하며 일그러졌다.

"이게 저번 마메다이후쿠와 같다고……? 이상한 농담은 하지 마세요, 구리타 씨!"

"다양한 의미에서 농담이 아니야. 애초에 장난질을 친 건 그쪽이잖아. 다 알고 있어. 거짓말을 계속할 거면 죽여버린다, 이 자식."

당황한 유카가 둘 사이에 끼어들었다.

"왜, 왜 이러는 거야, 구리? 다나베 씨가 거짓말을 했다니……. 20년이나 간직한 추억을 더럽힐 셈이야?"

"그 20년을 간직한 추억이 허풍이니까."

"괜히 꼬투리 잡지 말라고! 근거가 뭔데!"

"지금 먹은 마메다이후쿠가 증거지. 저번과 완전히 똑같은 맛인데 과장스럽게 감동이나 하고……. 너희 둘이 한패지?"

유카의 얼굴에서 핏기가 가셨다.

"성실함이 장점인 화과자점을 잘도 갖고 놀았어. 상처받았다고."

불온하기 짝이 없는 침묵이 내려앉았다.

긴 침묵 끝에 다나베가 겁먹은 눈빛으로 물었다.

"……구리타 씨, 왜 우리를 시험하셨습니까."

"나도 처음엔 몰랐어. 아오이 씨가 지적해줘서 거짓말에 속아 넘어갔다는 걸 간신히 깨달았지."

구리타는 무뚝뚝한 표정으로 대꾸했다. 기억이란 모호한 법이다……

비교적 최근 기억이라면 그나마 또렷하다.

그러나 예를 들어 20년 전, 이렇게 예전 일이 무리라면 10년 전의 기억을 떠올려보자.

그때 누가 어떤 행동을 했고 어떤 표정을 지었는지를 처음부터 끝까지 명료하게 떠올릴 수 있는 사람이 얼마나 있을까?

정확한 기억을 동영상처럼 재생하는 사람은 드물다.

사람은 대부분 그때 느낀 '감정' 위주로 기억하기 때문이다.

물론 객관적인 사실도 기억한다. 그러나 대부분 감정에 의해 의미가 부여되기에 결과적으로 대뇌피질에 남는 정보는 의미 부여된 기억이 주체가 된다.

맛에 대한 기억은 행동을 뇌에 새기는 것보다 훨씬 어렵다.

어지간한 사람이 아니면 오미…… 단맛, 신맛, 짠맛, 쓴맛, 감칠맛의 균형을 먼 훗날까지 기억하지 못한다. 보통 어림짐작한 '인상'을 기억할 뿐이며 이 인상 또한 감정의 일종이다.

즉, 맛과 감정은 불가분하다.

게다가 감정을 기억하더라도 맛을 기억하는 사람은 드물다. 프로 요리사, 아니면 아오이처럼 탁월한 미각을 소유한 자 이외에는……

구리타는 팔짱을 끼고 다나베를 바라보았다.

"화과자를 먹을 때 가장 인상에 남는 것은 당연히 '단맛'이야. 그런데 처음 만났을 때, 댁은 곶감을 보면서 이렇게 말했지."

'그립군요……. 곶감 맛 자체는 담백해서 기억에 남지 않았는데…….'

"이상하잖아, 그 기억. 댁이 말하는 '뺨이 녹을 정도로 단 마메다이후쿠'보다 먼저 먹었을 '담백해서 기억에 남지 않은 곶감'이 사실은 훨씬 다니까. 그날의 종합적인 감정이 모순됐어. 그러니까 그 발언은 거짓말이야."

"에엑?"

유카가 놀라서 입을 벌렸다.

"곶감이? 마메다이후쿠의 팥소보다?"

"더 달아. 그렇지, 아오이 씨?"

"네. 당도로 따지면요."

질문을 받은 아오이가 긴장감이라곤 없는 목소리로 대답했다.

"아, 당도라는 건요."

의아해하며 얼굴을 찡그리는 유카를 보고 아오이는 유창하게 설명했다.

"과일에 종종 붙어 있잖아요, 당도를 표시하는 스티커. 그거예요. 함유된 당분의 비율, 과일이라면 과즙 n그램에 몇 그램의 자당이 함유되었는지 퍼센트를 도수로 표시한 게 당도예요."

"어, 어어어……?"

유카가 당황해서 눈을 깜박였다.

"브릭스* 수치랑 관련해서 좀 더 전문적으로 설명해도 되지만, 그건 지금 이 사건이랑 별로 관계가 없어요. 지금 제가 말하는 당도는 단순하게 단맛의 지표라고 생각해주세요. 그러니까 '단맛의 정도'예요. 사실 과일에는 산미도 포함되니까 당도가 높다고 해서 일괄적으로 달다고 말할 수는 없지만요."

과일 중에서도 감은 당도가 매우 높아 15~20퍼센트나 된다.

수박의 당도는 9~13퍼센트, 딸기는 8~15퍼센트이니 비교해보면 감이 얼마나 높은지 알 수 있다.

물론 똑같은 과일이라도 품종이나 개체에 따라 당도가 달라진다. 그렇지 않으면 당도를 표시하는 의미가 없다. 그래도 일

---

* Brix. 수용액에 녹아 있는 용질의 양을 퍼센트로 나타내는 단위로, 정확히는 가용성 고형분이다. 당이나 염, 단백질, 산 등도 가용성 고형분에 포함되기에 브릭스가 높다고 해서 당도가 반드시 높은 것은 아니다.

반적으로 감이나 포도가 가장 당도가 높다.

감에는 떫은 감과 단감 두 종류가 있는데, 떫은 감을 곶감으로 만들면 당도가 눈에 띄게 높아진다.

그 당도는 무려 40~70퍼센트.

다른 생과일과는 비교도 안 되는 숫자라고 아오이가 설명했다.

"보통 잘 모르시는데, 사실 생것으로 먹는 단감보다 떫은 감이 당도는 더 높아요. 그런데 떫은 감에는 수용성 상태인 타닌이 들어 있어서 단맛보다 쓴맛이 우세한 거죠. 유카 씨, 타닌이 뭔지 아세요?"

"아마…… 쓴맛의 원인이 되는 거던가?"

"정답이에요. 타닌은 침에 녹아서 혀가 쓴맛을 느끼게 해줘요. 가용성이거든요. 그런데 건조하면 타닌 성분이 불용성으로 변해서 사람 혀로는 쓴맛을 감지하지 못해요. 결과적으로 단맛이 돋보이죠. 그래서 곶감은 당도가 높아요."

여전히 의아한 표정을 짓는 유카를 위해서 구리타가 옆에서 보충 설명을 했다.

"말하자면 침감 같은 거야. 수분을 제거해서 단맛을 압축하는 거지."

"아, 그런 거구나."

"그런 거예요. 침감한 곶감의 당도는 70퍼센트이니까 시판

하는 팥소보다 당연히 달죠. 지금은 단맛을 줄인 팥소가 주류라서 당도 50퍼센트 정도의 팥소가 제일 잘 팔릴 거예요. 그리고 구리마루당의 팥소는 고상하고 아주 산뜻한 단맛이죠. 당도로 보면…… 45~46퍼센트 정도일까요? 어쨌든 곶감보다는 상당히 낮은 당도예요."

구리타는 순간 소름이 끼쳤다. 팥소의 당도까지 파악했을 줄이야.

아오이는 예상보다도 훨씬 뛰어난 미각의 소유자였다.

"……자, 여기까지 설명하면 이제 아시겠죠? 화과자를 먹을 때 가장 인상에 남는 건 단맛이에요. 마메다이후쿠를 '뺨이 녹을 정도로 달다'고 강조하면서 그보다 훨씬 단 곶감을 '담백해서 기억에 남지 않는다'고 표현하는 건 인간 심리에 모순되죠."

유카와 다나베는 체념한 듯이 입술을 깨물었다.

"크음……."

그런데 아오이는 이상한 스위치가 켜졌나 보다. 둘을 나무라기는커녕 신이 나서 더 방대한 지식을 늘어놓았다.

"원래 과자의 기원은 과일이라고 하는데요. 설탕은 나라 시대* 때 전해졌으니까 그 이전 사람들은 나무 열매나 과일로 단

---

* 710년~794년까지 84년간.

맛을 섭취했어요. 특정한 종류의 과일을 건조하면 단맛이 강해진다는 사실을 깨달았을 때, 고대인들이 얼마나 기뻐했을까요."

아오이는 눈을 감고 그 옛날을 상상했다.

"아, 맞다. 과자의 기원 신화를 아세요? 과자의 신은 다지마모리라고 하는데요. 다지마모리는 제11대 천황인 스이닌 왕의 의뢰를 받아 도키지쿠노가쿠노코노미*를 찾아 이상향의 세계인 도코요노쿠니로 건너갔어요. 그러나 열매를 손에 넣어 돌아왔을 때, 스이닌 왕은 이미 세상을 떠났다는 슬픈 이야기가 있어요. 이 도키지쿠노가쿠노코노미는 오늘날의 귤을 말하는데, 한마디로 운향과의 감귤류죠. 당시 과자는 과일을 지칭했으니까 다지마모리는 과자의 신으로 정성껏 모셔졌어요. 그 덕분에 지금도 도요오카 신사에는 수많은 참배객이……."

"어이, 그쯤에서 됐어!"

더는 두고 볼 수 없어서 구리타가 말렸다.

"아무도 그런 자세한 지식까지는 필요로 하지 않으니까! 알았지, 아오이 씨! 지금은 그럴 때가 아니라고!"

"어, 그런가요?"

---

* 일본어로 '언제나 향기를 내뿜는 나무 열매'라는 뜻이다.

아오이는 눈을 동그랗게 뜨더니 고개를 숙이고 뺨을 붉혔다.

"……죄, 죄송해요. 제가 또 흥분했나 봐요. 짜증나셨어요?

"아니, 짜증은 안 났어. 다음에 시간 있을 때 또 들려줘."

아오이는 안심했는지 환하게 웃었다.

아무튼…….

구리타는 헛기침을 해 느슨해진 분위기를 환기했다.

구리마루당의 화과자 중에 곶감의 당도를 넘어서는 것은 없다.

어째서 구리마루당 정원에 감나무가 있고, 대를 잇는 주인은 팔지도 않을 곶감을 매년 만들었는가. 이번 사건을 통해 구리타는 그 이유를 깨달았다.

조정하기 위해서였다.

화과자 장인으로서 곶감의 당도를 뛰어넘지 않는 자연스러운 단맛을 의식하자. 과자의 근원과 그것을 만드는 자의 마음가짐을 매년 이 시기에 재확인하기 위해서였음이 틀림없다.

"20년 전에 우리 곶감을 안 먹었는데 댁은 먹었다고 거짓말을 했어. 그렇지?"

다나베는 침묵으로 수긍했다.

"왜 그런 거짓말을 했을까……? 다나베 씨, 댁은 리얼리티를 연출한 거야. 응접실에서 본 곶감이 대대로 이어지는 전통이란 걸 알고, 먹어보지도 않은 맛을 설명했어. 그렇게 그리움을 표현함으로써 지어낸 이야기에 신빙성을 부여한 거지."

양심의 가책이라는 인간 심리 때문이다.

거창한 거짓말을 할 때 느끼는 특유의 불안감 때문에 다나베는 괜한 연출을 더해 신빙성을 높이려고 했다. 안도감을 얻으려고 시도한 그 사소한 조작이 정반대의 결과를 냈다.

물론 연출은 그것만이 아니었다.

또 한 가지 부자연스러운 행위가 있었고, 전부 조합해보면 이번 사건의 목적은 명확했다.

"부자연스러운 행위가 하나 더 있었다고? 그건……."

미간을 찌푸리며 묻는 유카에게 구리타는 어깨를 으쓱이며 대답했다.

"방금 마메다이후쿠를 먹었을 때의 감상이야."

다나베는 처음 방문했을 때는 맛이 다르다고 했으면서 이번에는 맛있다고 호들갑을 떨며 칭찬했다.

똑같은 마메다이후쿠인데도 극적으로 반응이 다른 이유가 뭘까?

결과를 놓고 보면 단순했다.

요컨대 다나베는 맛 자체와 관계없이 마지막 순간에는 그렇게 반응할 계획이었다.

한번 실패를 맛본 장인이 돌아가신 아버지의 뜻을 계승하기 위해 노력을 거듭해 더 맛있는 것을 만들어 다시 남을 돕는다는 미담……

교묘한 연출이었다. 그렇게 유카와 다나베는 아름다운 이야기를 날조하려고 했다.

반응 좋은 취재 기사를 완성하기 위해서.

"원래 유카가 제안했겠지? 언제든 사진을 찍을 수 있게 카메라 가방을 매번 가져오고 말이야."

유카가 고개를 푹 숙여 표정을 감췄다. "들켰네" 하고 조용히 중얼거렸다.

"그러니까 가짜 기사를 쓰는 게 이번 사건의 목적이었어. 눈물샘을 자극하는 스토리를 완성하기 위해서. 거참 고생하셨겠어."

싸늘한 침묵이 가라앉았다.

갑자기 유카가 번쩍 고개를 들었다.

"……고생이라니."

아수라장에는 익숙한 구리타조차 자기도 모르게 주춤할 정도로 기백이 넘치는 표정이었다.

유카는 갑자기 가슴을 꾹 누르더니 목청을 높였다.

"괜찮잖아! 가짜 기사라도 뭐 어때! 뭐가 나쁜데? 남을 속이는 것쯤이야 다들 하는 짓이잖아!"

설마 적반하장으로 나올 줄이야, 순간 구리타는 할 말을 잃었다.

"⋯⋯아니, 안 괜찮지."

"어째서!"

"당연히 나쁜 짓이고 창피한 짓이니까. 일본인이 할 행동이 아니야. 애초에 너, 거짓 기사로 평가받으면 기자로서 기쁘겠어?"

"그런 건 흥미 없어!"

"응⋯⋯?"

유카는 양손으로 탁자를 내리치더니 구리타 쪽으로 몸을 불쑥 내밀었다.

"그래! 나는 기사를 날조하려고 했어! 다나베 아저씨한테 연극을 부탁해서 아사쿠사만의 인정 넘치는 이야기를 꾸미려고 했어! 그렇지만 그런 짓을 한다고 내 원고료가 오르는 건 아니야. 이익을 보는 건 이 가게랑 구리잖아!"

"뭐라고⋯⋯?"

당장에라도 싸움을 걸 기세로 유카를 노려본 직후에 구리타는 이해했다. ⋯⋯그 말이 맞았다.

유카와 다나베가 결탁해서 구리타를 속이고 미담 날조를 도모한 것은 사실이지만, 유카의 성공 스토리를 위해서가 아니었다.

위험 부담이 크고 번거로운 데에 비해 효과적이라고 보긴 어려우니까.

세상의 이목을 끄는 기사란 좀 더 알기 쉽고 화려한, 이를테면 연예계 관련 뉴스일 것이다.

유카 입장에서는 이익보다 불이익이 더 컸다.

발각되면 기자 생명에 위기가 닥친다. 모든 것을 걸고 날조할 만한 기사는 아니었다.

즉 이번 사건은 유카가 구리마루당을 위해서 꾸민, 손님을 끌어들이려는 계획이었음을 구리타는 깨달았다.

유카가 어깨를 부들부들 떨며 말했다.

"나, 나는 그냥…… 가게에 손님이 많이 오길 바라서……. 어쩔 수 없잖아? 가게는 맨날 파리만 날리고 다 못 팔아서 남는 것도 많고, 당연히 매출도 나쁠 테니까 망하면 어떡하나 싶어서."

구리타의 눈초리가 날카로워졌다.

"……시끄러워. 함부로 말하지 마. 망하게 둘 것 같아?"

"미, 미안해."

"아니, 가게가 위험한 건 사실이니까 그건 사과하지 않아도 되는데……. 하나만 가르쳐줘, 유카. 왜 우리 가게를 위해서 이렇게 요란한 계획을 세웠어?"

"어?"

"내 장사가 잘 된다고 네가 얻는 게 뭔데? 본심을 듣고 싶어."

"뭐, 뭐야 그 질문은."

유카가 믿을 수 없다는 듯이 잔뜩 화난 표정을 지었다.

"구리…… 설마 이 자리에서 나한테 그 말을 하라는 거야?"

구리타는 고개를 끄덕이며 유카를 바라보았다.

"하라는 거야. 당연하지."

구리타는 불명확한 것을 최대한 명확하게 해야 직성이 풀리는 성격이었다.

유카는 새빨개진 얼굴을 푹 숙이고 있더니 잔뜩 성이 나서 외쳤다.

"……바, 바보! 구리 이 멍청아!"

비명을 지른 직후, 유카는 카메라 가방을 낚아채 응접실을 뛰어나갔다.

그대로 복도를 뛰어가 현관문을 열어젖히는 소리가 들렸다. 밖으로 나갔나 보다.

미담 날조의 주모자인 유카는 눈 깜박할 사이에 구리타의 집에서 도망쳤다.

남은 세 사람은 멍하니 얼굴을 마주 보았다.

"왜 저런대……?"

"여자의 마음은 수수께끼네요."

정작 자기는 뒷전으로 미루고 아오이는 태연자약하게 고개를 갸우뚱거렸다.

"그래도 이번에는 눈감아도 되지 않을까요? 잡지에 실렸다면 큰일이었겠지만 결국 미수로 끝났고, 속은 사람은 구리타 씨밖에 없잖아요."

"나는 속아도 돼?"

못마땅한 표정으로 대꾸했지만, 사실 구리타도 이미 면역이 됐다.

유카는 어려서부터 거짓말쟁이였으니 이제 와서 겨우 이 정도에 놀라지 않았다.

무엇보다 유카의 못된 짓은 왠지 얄밉지 않아서 진심으로 싫어할 수 없었다.

왜냐하면 대부분 남을 위해서 하는 거짓말이었으니까.

초등학교 때 급식비를 훔친 것도 친구의 생일 선물을 살 돈이 모자라서 그랬다고 했다.

그야 도둑맞은 입장에서는 기가 막힐 노릇이고 죄를 용서할 수도 없지만.

"……아무튼 됐어. 이대로 끝내면 뒷맛이 나쁘니까 입가심이나 할까."

구리타는 자리에서 일어나 서둘러 응접실을 나갔다.

*

애초에 처음부터 무리가 따르는 계획이었다.

구리타가 자리를 비우고 아오이와 둘만 남은 응접실에서 다나베는 부끄러워 어쩔 줄 몰랐다.

20년 만의 귀국인데 한심한 짓을 했다고 깊이 반성했다.

발단은 유카지만 다나베에게도 당연히 책임이 있었다.

2주 전. 브라질에서 20년 만에 귀국했을 때, 도쿄를 안내해주겠다고 나선 오지랖 넓은 유카가 불현듯 이 가게 이야기를 꺼냈다.

유카는 가게 주인에게 연정을 품은 모양으로, 매출을 올릴만한 화젯거리를 만들고 싶다고 했다.

그러기 위해서 자기가 고안해낸 미담 날조 계획에 협력해달라고 졸라댔다. 단순히 오지랖이 넓은 것만은 아니었다고 막연히 감탄하면서 유카의 기세에 밀려 다나베도 연극에 참여하기로 했다.

그러나 거짓말을 하려니 양심에 켕겨 먹어보지도 않은 곶감을 들먹이며 이야기를 꾸몄다.

게다가 똑같은 맛인 마메다이후쿠를 거창하게 칭찬한 끝에 전부 들키고 말았다.

그랬다, 지금 생각해보면 처음 먹었던 시점에서…….

다나베가 입술을 꾹 깨물었을 때, 구리타가 위풍당당하게 응접실로 돌아왔다.

"기다렸지."

구리타는 양손에 화과자 접시를 들고 있었다. 거기에는 형태가 오밀조밀한 마메다이후쿠가 몇 개 담겨 있었다.

구리타는 탁자에 세 명분의 접시를 늘어놓고 자신만만한 얼굴로 다나베에게 말했다.

"이게 진짜 구리마루당의 마메다이후쿠. 먹어보시지."

솔직히 깜짝 놀랐다.

속이려고 한 상대의 거짓말을 꿰뚫어 봤으면서 또 음식을 대접하다니?

"……괜찮겠습니까, 구리타 씨."

"댁을 위해서 만든 거니까. 거절할 것 없어."

넓은 도량에 감탄하면서 다나베는 마메다이후쿠를 입에 넣고 씹었다.

쫄깃하고 부드러운 떡 반죽의 감촉. 반죽 안에는 알갱이가 큰 완두콩이 잔뜩 박혀 있어서 씹는 맛도 적당하고 산뜻한 악센트가 되어주었다.

반죽 안을 가득 채운 것은 고급 팥소.

씹으면 씹을수록 부드러운 단맛과 팥의 풍미가 가득 펼쳐져서……

다나베는 자기도 모르게 쉰 목소리로 중얼거렸다.

"이 맛이다. 20년 전과 같아…… 이 맛이야."

"으으, 이 사람 끈질기네요."

옆에서 아오이가 기가 차다는 듯이 말했으나, 다나베는 맛에 푹 빠졌다.

이 얼마나 훌륭한 팥소인가. 깔끔한 단맛과 팥이 내는 깊은 맛이 양립했다.

향이 은은하고, 상큼한 단맛이 가랑눈처럼 입에서 사르륵 녹았다.

팥소를 감싼 뭉실뭉실한 떡과 짠맛이 나는 완두콩이 절묘하게 조화를 이루어, 정신을 차리고 보니 벌써 두 개째를 손에 들고 있었다.

자그마하지만 감칠맛이 꽉꽉 채워졌고 동시에 산뜻했다. 몇 개라도 먹을 수 있겠다.

폭신폭신하고 풍부한 맛에 푹 빠지자, 가슴 저 깊은 곳에서 행복감이 용솟음쳤다.

부드럽게 온몸으로 스며드는 행복한 맛…….

그에 호응하듯이 다나베의 마음속에서 가장 연약한 부분이 벌어지며 그리운 기억이 차례차례 떠올랐다.

20년이나 전인 먼 기억, 따뜻한 인정과 만났던 감동, 부드럽고 오묘한 팥소의 달콤함.

떨리는 목소리로 다나베는 신음했다.

"이겁니다. 틀림없이 이거예요……. 저는 정말로, 이 가게의 마메다이후쿠를 먹은 적이 있습니다!"

아오이는 커다란 눈을 더욱 크게 떴다.

"정말요?"

"제 이야기가 전부 다 거짓말은 아니었습니다. 사실은…… 그분을 뵙고 감사하다고 말씀드리고 싶었어요!"

추억을 음미하며 다나베는 눈을 감고 손으로 얼굴을 덮었다.

그랬다, 사실 그럴 생각이었다.

그러나 유카에게 은인인 가게 주인은 이미 타계했고, 그 뒤를 이은 아들은 매출이 줄어 고생하고 있다는 소식을 듣고 뭔가 해주고 싶다는 마음이 들었다.

생각해보면 그 시점에 이미 평정심을 잃고 계획에 가담하고 말았다.

　20년이나 된 일이니까 지금 주인은 자신을 모른다. 그렇다면 최소한 보은이라도 하려고 했다.

　먼 옛날의 기억이 눈꺼풀 안쪽에서 생생하게 떠올랐다…….

　폭한에게 당해 아픈 몸과 주린 배를 안고 겨울 거리를 헤맸던 그날.

　암울한 기분으로 눈물을 삼키던 다나베에게 구리마루당의 주인이 말을 걸었다.

　"어이, 당신 괜찮소?"

　"……윽."

　"안 괜찮아 보이는데. 그래도 이제 걱정하지 마시오."

　그렇게 말하며 도움의 손길을 내밀고 집으로 들여보내 주었다. ……기뻤다. 처마에 걸린 곶감의 주황빛이 눈에 선명했다.

　이후에 벌어진 일도 전부 또렷하게 떠올릴 수 있다.

　부인이 상처를 치료해준 것.

　격려하는 말과 맛있는 마메다이후쿠를 대접받은 것.

　부부의 온정 넘치는 미소.

　오래된 기억은 모호하다는 설명을 들었으나, 진정 소중한 기억은 절대 빛바래지 않는 법이다. 지금 다나베는 기억 전부를 세세한 부분까지 또렷하게 떠올릴 수 있었다.

젊은 날의 자신이 처음으로 구리마루당의 마메다이후쿠를 먹은 그때의 감동.

"우오오…… 맛있어! 맛있어요, 이거!"

"그래, 그런가."

"이렇게 맛있는 마메다이후쿠는 처음 먹어봐요!"

"다행이네. 잘 씹어서 들어요."

마메다이후쿠를 한입 가득 문 다나베에게 주인은 남자답게 웃으며 말했다.

"형씨, 오늘은 참 재난이었지만 세상에 나쁜 놈만 있는 건 아니야. 일본인의 자랑거리는 의리와 인정이지. 이 팥소처럼 그걸 가슴 가득히 채우고 외국에서도 힘내쇼!"

"네! 이 보답은 반드시……."

"됐다니까. 마음 쓰지 마쇼."

그 따뜻한 격려가 있었기에 브라질에서도 노력할 수 있었다. 20년이나 지난 지금 다나베는 그 마음을 절절히 실감했다.

"이 마메다이후쿠…… 맛있습니다. 그때 그대로예요. 정말로……."

다나베는 눈물을 뚝뚝 흘리며 마메다이후쿠를 소중히 먹었다.

맞은편에 앉은 구리타가 묘한 표정으로 중얼거렸다.

"그렇군. 이제 전부 이해하겠어."

아오이가 의아해하며 구리타를 보았다.

"구리타 씨?"

"아아……. 아니, 좀 이해가 안 가는 부분이 있었는데 이제 다 알았어. 처음 먹었을 때, 이 팥소는 아니라고 말한 다나베 씨의 반응은 진짜였거든."

"아!"

눈치가 빠른 아오이도 바로 이해했다.

"그렇군요. 생각해보면 두 번이나 먹으러 올 필요는 없어요. 미담 날조가 목적이라면 첫 방문으로 끝내는 게 훨씬 아름답 겠죠."

"자기도 모르게 솔직한 반응이 나온 거겠지. 그때 유카가 이 상하게 당황한다 싶었는데, 다나베 씨의 반응이 예상을 벗어 났기 때문이겠지. 그때도 카메라 가방을 갖고 있었어."

"……부끄럽지만 그 말씀대로입니다."

다나베는 한 손으로 얼굴을 덮고 설명했다.

"그때는 완전히 제가 폭주했습니다. 팥소의 맛이 굉장히 반 가웠는데…… 그런데 묘하게 달라서, 말로 표현할 수 없이 답 답해서 저도 모르게 본심이."

"역시."

"아예 달랐다면 그냥 그대로 연극을 했을 겁니다. 돌아가는 길에 유카는 미리 짠 대로 행동하지 않은 제게 불같이 화를 냈습니다. 오늘은 무조건 맛있다고 칭찬하라면서 아침부터 어찌나 닦달하던지."

허리에 양손을 대고 쏘아붙이는 유카가 눈에 선해 구리타는 쓴웃음을 지었다.

어느새 마메다이후쿠가 전부 사라지고 텅 빈 화과자 접시만 탁자에 남았다.

다나베는 눈을 벅벅 비비고 한숨을 내쉰 뒤 말했다.

"……구리타 씨, 훌륭한 마메다이후쿠 감사히 먹었습니다. 절대 과장이 아니고, 저는 선대인과 구리타 씨께 분명 구원을 받았습니다. 오늘은 정말 감사했습니다."

다나베가 정면에 앉아 깊이 고개를 숙이자 구리타는 민망해져서 코를 문지르며 대꾸했다.

"됐다니까. 마음 쓰지 마세요."

*

구리타와 아오이는 가게 밖까지 다나베를 배웅하러 나갔다.

그는 몇 번이나 뒤를 돌아보고 고개를 숙이며 서서히 멀어졌다.

살아온 세월이 묻어나는 다나베의 듬직한 등을 둘은 나란히 배웅했다.

아오이가 감동한 말투로 말했다.

"왠지 화과자 같은 사건이었어요."

무슨 소리인가, 하고 구리타는 눈을 몇 차례 깜박였다.

"……지금 뭐라고? 무슨 소리야, 아오이 씨?"

"아, 또 당돌한 발언을 해서 죄송해요. 특별한 의미는 없어요."

"없다고!"

"그냥 이번 사건, 단순해 보여도 의외로 깊이가 있었잖아요. 화과자도 겉으로는 단순하지만 사실 굉장히 심오한 세계니까요."

"음, 그런 의민가."

그러고 보니 행동의 정합성이라느니 복잡한 냄새가 난다느니, 아오이는 전에도 그렇게 말했다. 그때부터 구리타에게 보이지 않았던 무언가가 그녀에게는 보였던 걸까.

결과적으로는 이랬다.

유카는 구리타를 속이려고 했지만, 가게가 잘되길 바라는 마음에서였다.

다나베는 이중으로 거짓말을 했으나, 본심은 역시 추억의 마메다이후쿠를 먹고 싶었다.

"종합해보면 화과자도 인정도 겉치레만으로는 이루어지지 않는다…… 라는 걸까요?"

"어, 그렇게 되나? 이상하게 종합하지 마."

"그나저나 구리타 씨는 생각보다 결벽증이 있네요. 그래서 팥소 만들 때도."

"웃……. 그건 이제 그만!"

구리타의 팥소가 선대의 맛과 다른 이유가 바로 이것이었다.

팥소를 너무 깨끗하게 한다.

팥을 삶을 때, 삶은 물 표면에 떠오르는 떫은 성분을 없애는 시부키리의 횟수가 너무 많았다.

구리타는 네 번 정도 시부키리를 하는데, 그때 아오이는 절반이면 된다고 충고했다.

"떫은맛은 팥에 포함된 쓴맛 성분인 동시에 감칠맛과 풍미이기도 해요. 그래서 어느 정도 남기는 것이 좋다고 말하는 사람도 있고 그렇지 않은 사람도 있어요."

"뭐가 옳은 거지."

"방침에 따라 다 다르죠. 구리타 씨처럼 몇 번이나 하는 가게도 있고 한 번만 하는 가게도 있고 아예 안 하는 가게도 있어요. 거기에 옳고 그름은 없답니다. 팥소에서 어떤 풍미를 원하는가, 지향점이 다르니까요."

"그렇군."

구리타가 지향하는 것은 선대의 마메다이후쿠를 재현하고 전통을 지키는 것.

시험 삼아 네 번 하던 시부키리를 두 번으로 줄였더니 너무도 쉽게 똑같은 맛을 완성했다.

하도 기가 막혀서 늦은 밤, 작업장 벽에 기대 몇 분간 넋을 놓았을 정도였다.

생각해보면 아버지는 구리타만큼 시부키리를 하지 않았던 것 같다. 그러나 설마 거기에 의미가 있을 줄은 몰랐다.

구리타는 떫은맛은 제거해야 한다고 단순히 믿었다. 그 믿음 때문에 결과적으로 풍미와 감칠맛이 다소 줄어들었다.

물론 아주 미묘한 맛의 차이어서 아는 사람만 안다.

예를 들어 아오이처럼 민감한 미각의 소유자나 늘 찾아와주는 단골손님. 혹은 다나베처럼 그 맛에 범상치 않게 집착하는 사람 말이다.

그러나 아는 사람만 아는 소소한 부분까지 포함해 소중히 지켜나가는 것이 구리마루당의 4대째인 자신의 의무라고, 구리타는 그날 밤 마음에 새겼다.

"그러면 구리타 씨, 저 오늘은 이제 돌아갈게요."

"어?"

아오이가 뜬금없이 몸을 돌려 걷기 시작해서 구리타는 평소답지 않게 당황했다.

"기다려! 어디 가는 거야, 아오이 씨!"

"집에요." 하고 아오이는 명랑하게 대답했다.

"사건도 원만하게 해결됐고, 늦으면 가족한테 혼이 나니까요."

"아니…… 그야 그렇지만."

그야 팥소 소동을 해결했으니 아오이와 더 만날 필요도 구실도 없었다.

그러나 지금 그것들과는 다른 무언가가 구리타의 안에서 들끓었다. 연락처쯤은 물어보고 싶었다.

어떻게 말을 꺼낼지 머리를 굴리는데, 아오이가 뒤를 돌아보더니 시원시원하게 말했다.

"그런데요 구리타 씨, 저 카페에 자주 가는 편이에요."

"뭐라고? 카페……?"

의미 모를 이야기에 구리타는 당황했다.

아오이는 때때로 예상하지 못한 방향에서 공을 던지는데, 하필이면 변화구였다.

"또 만나요, 그 가게에서!"

"그 가게라니……."

마스터의 카페라는 것을 깨달았을 때, 아오이는 골목을 돌아가 보이지 않았다.

사람을 들었다 놨다 한다.

그렇지만 불쾌하지는 않아 조금 당황해하며 구리타는 무의미하게 머리카락을 쥐어뜯었다.

제2장

———

도라야키

[문제]

1. 화과자라는 단어가 생긴 것은 ☐ 시대이다.

2. 긴쓰바*는 에도 시대 때 교토에서 고안되었고 당시에는 ☐ 라고 불렸다.

3. 보타모찌**는 가을에 먹으면 오하기, 겨울에 먹으면 ☐ 이다.

제과법을 검토한 마메다이후쿠는 단골손님에게 호평을 받아 미미하긴 해도 매출이 오르기 시작했다.

---

* 밀가루 반죽에 팥소를 넣고 모양을 만들어 냄비에 구운 과자.
** 찹쌀과 멥쌀을 섞어 단팥이나 떡고물을 묻혀 만든 떡.

유카도 퇴근길에 다시 구리마루당에 들를 정도로 사건의 흥분이 가라앉은 무렵, 연말을 앞두고 상점가는 차츰차츰 활기차고 분주해졌다.

그런 11월 중순 목요일.

가게 정기 휴일에 구리타는 항상 입고 다니는 군복 재킷을 걸치고 역으로 향했다.

기온은 낮아도 머리 위에 명도 높은 푸른 하늘이 펼쳐졌다. 젊은 관광객을 태운 인력거가 차도를 쑥쑥 경쾌하게 달렸다.

구리타는 가미나리몬 거리의 아케이드를 동쪽으로 걸어 아즈마바시 앞 교차점을 지나 도부 전철 간판이 보이는 지점에서 우뚝 멈춰 섰다.

특별한 의미 없이 심호흡.

전철을 타면 목적지까지는 십수 분 안에 도착한다.

아직 정오 전이었다. 굳이 일찍 얼굴을 내밀어 녀석을 기쁘게 하기는 싫었다.

"……시간이나 좀 죽일까."

구리타는 발걸음을 돌려 가미나리몬 거리를 되돌아갔다.

"오, 구리잖아!"

단골 카페에 얼굴을 내밀자, 카운터 자리에 앉아 마스터와 수다를 떨던 아카기 시호가 눈치 빠르게 구리타를 발견하고 말을 걸었다.

"웬일이야. 너 오늘 학교 축제에 간다고 했잖아?"

"갈 거야. 그 전에 한잔 마시려고 왔어."

구리타는 은근슬쩍 카페를 둘러보고 오늘도 아오이가 보이지 않는 것에 살짝 낙담하면서—그날 이후로 한 번도 보지 못했다—시호 옆에 앉았다.

앞에 서서 컵을 닦는 더벅 수염의 마스터에게 주문했다.

"마스터, 늘 마시던 거."

"버번 더블?"

"아니, 커피 싱글."

"싱글이라…… 쓸쓸한 단어로군."

실없는 농담을 하며 마스터는 안으로 들어갔다.

마스터와 시호는 오랜 친구여서 구리마루당이 쉬는 날에는 자주 카페에서 잡담을 나누곤 했다.

찻집 아르바이트생으로 시호를 소개해준 것도 마스터였다. 경망스러운 말투는 별로지만 폭넓은 교우관계는 본받고 싶었다.

옆에 앉은 시호가 턱을 괴고 구리타를 바라보았다.

"뭐니, 이런 데서 농땡이 부리지 말고 얼른 가야지. 학교에서 친구가 기다리잖아?"

"그놈은 친구가 아니야."

"그럼 뭔데?"

"그러게, 굳이 말하면……."

잠깐 머리를 굴렸지만 적절하게 표현할 단어가 떠오르지 않았다.

시호가 덧니를 드러내며 웃었다.

"오늘을 위해서 일부러 초대 메일을 보냈잖아? 친구가 아니면 뭐야."

"굳이 말하면…… 나는 개, 녀석은 원숭이. 그런 관계야."

"짐승 사이라는 거야?"

"견원지간이란 소리야."

*

아사바 료와는 제법 질긴 인연이었다.

초등학교 4학년 때 처음 만났으니 10년이나 알고 지냈다.

당시 구리타는 운동신경이 좋다는 이유로 운동부 시합에 대타로 자주 참여했다. 동네 자치회 대항전인 소프트볼 시합에도 대타로 참여했는데, 그때 투수였던 아사바를 상대로 굿바이 홈런을 친 이래로 지금까지 인연이 쭉 이어졌다.

아사바는 시합 후에 한동안 말없이 입술을 깨물고 있다가, 이윽고 돌아갈 준비를 하는 구리타를 뒤에서 불러 세웠다.

"……야, 너 말이야. 야구 시작한 지 얼마나 됐어?"

"제로."

"어?"

"미안한데 야구에는 흥미가 없어서."

오늘은 친구가 부탁해서 어쩔 수 없이 나왔을 뿐이라고 구리타가 말하기도 전에 아사바는 단정한 얼굴을 새빨갛게 붉히며 달려들었다.

"……빌어먹을!"

"뭐, 뭐야 갑자기?"

"잘난 척하지 마!"

그날 이후, 사사건건 트집을 잡는 아사바 때문에 초등학생 때는 대체 몇 번이나 싸웠는지 모르겠다.

무턱대고 구리타를 적대시하며 사사건건 맞서려고 했다.

센소지 경내의 영역을 두고 대결한 적도 있었다.

서로 대표가 되어 사내아이들을 이끌고 경내에서 초등학교끼리 큰 전쟁을 벌였다.

멀리서 공을 던지고 상자로 만든 검으로 싸운 끝에 최종적으로 구리타의 학교가 승리를 거뒀다. 그러나 돌아가는 길에

절 관계자에게 붙잡혀 모두 흠씬 꿀밤을 얻어맞는 씁쓸한 결말을 맞이했다.

중학교에 올라갈 무렵에는 접점도 줄어들어 다투는 일은 없어졌지만, 그래도 아사바는 이따금 아무 연락도 없이 구리타의 집을 찾아왔다.

"……뭐야, 아사바. 이런 밤중에."

"흥, 심심하니까. 그냥 바보 녀석의 얼굴이 보고 싶더라고."

"거울이라도 보시지."

"아아. 요즘 구리타가 불량해졌다는 소문을 들어서 기대했는데 평소랑 똑같잖아. 머리라도 염색했으면 웃겼을 텐데 재미없네."

"너…… 싸우자고 온 거냐?"

당시 아사바는 구리타와는 타입이 다른 불량소년이었다.

어린 시절부터 이어진 대항 심리가 그렇게 만든 걸까.

화려한 옷을 입고 밤거리를 싸돌아다니며 싸움박질이나 하다가 아침에 돌아오는 일이 빈번해 소규모 공장을 경영하는 부친을 불같이 화나게 했다.

불량한 무리의 숭배를 받았던 구리타와 반대로, 그는 그 누구와도 어울리지 않는 한 마리 늑대였으니 당연히 마음이 맞지 않았다.

"그거 좋네. 싸울까?"

아사바가 단정한 얼굴에 나른한 미소를 지으며 구리타를 도발했다.

아사바는 호리호리했으나 싸움 실력이 뛰어나서 당시 아사쿠사의 불량소년 대부분이 그를 두려워했다.

"나는 언제든 기쁘게 상대해줄 수 있다만?"

"……그럼 됐어. 나는 네놈을 기쁘게 하는 일만큼은 절대 안 할 거니까."

"뭐야 그게. 쌀쌀맞기는. 그러면 좀 더 불량해지라고, 구리타. 그래서 나중에 어디 조직에라도 들어가."

"야쿠자라면 네놈이나 돼. 아니다, 넌 호스트가 잘 어울리겠다."

"……죽여버린다, 구리타?"

지금은 아사바 나름대로 당시의 자신을 염려해준 건지도 모르겠다고 생각하는 구리타였지만, 그런 식으로 해석할 수 있다는 것뿐이지 절대 돈독한 사이는 아니었다.

작년에 우연히 같은 대학에서 재회했을 때도 일촉즉발이었다.

"어라? 구리타!"

"아사바? 왜 여기에?"

"왜긴 뭐가 왜야, 당연히 시험을 치러서 합격했으니까 있지. 여전히 뇌가 썩었구나, 구리타."

"네놈 독설도 여전하구나."

"나는 얼굴이 잘생겼으니까 말이라도 함부로 해서 균형을 맞춰야 하거든. 그건 그렇고 너도 이 대학이라니⋯⋯. 즐거운 캠퍼스 라이프가 될 것 같네."

"하? 누가, 어떻게 즐거운데?"

"⋯⋯그 말투는 뭐야."

분위기가 차츰 험악해져서 주변 사람들이 막아주지 않았다면 입학 첫날부터 한바탕 난리가 났을지도 몰랐다.

뭐, 그런 관계여도 생각만큼 심각한 문제는 벌어지지 않았다.

얼굴을 마주했다 하면 독설로 응수하긴 해도 단순히 말싸움 정도였고, 기본적으로 평온한 대학 생활을 보냈다고 해도 좋았다.

상황이 바뀐 것은 1년 전이었다.

부모님이 타계하고 구리타는 학교에 휴학계를 냈는데, 그때 아사바와 크게 다퉜다.

아사바는 구리타가 가게를 잇는 것에 반대하며 대학을 나와 안정적인 기업에 취직하라고 설득했다.

"구리타, 너 진짜 미친 거 아니냐? 이런 불황에 혼자 화과자 가게를 운영하겠다니, 진짜 무모한 짓이야."

"미안한데 이미 결정했어."

"그러니까 다시 생각하라고, 멍청아! 세상은 그렇게 쉬운 게……."

"너는 아버지 공장을 물려받을 수 있게 노력해라."

"……체. 이 돌대가리가! 말귀도 더럽게 못 알아듣네! 너 따위 어떻게 되든 알 바냐."

그런 말을 내뱉고 아사바는 어깨를 씩씩 들썩이며 사라졌다.

이후 그와 만날 기회가 없어서 지금은 소원해졌다.

물론 애초에 사이가 좋았던 것은 아니니까 부자연스러운 상황은 아니었다.

부자연스러운 것은 오히려 대학 축제에 오라면서 '초대 메일'을 보낸 아사바였다.

〈보낸 사람 : 아사바 료〉

〈제목 : 대학 축제〉

올해 축제는 21일(목)~24일(일).

보여주고 싶은 게 있으니까 노점으로 와라, 머저리.

이런 글을 보면 구리타가 아니라 누구라도 신경이 쓰인다.

아사바 료는 대체 무엇을 보여주려는 걸까?

솔직히 전혀 예상이 가지 않는데, 작년에는 부모님의 타계도 그렇고 대학 축제에 갈 정신 상태가 아니었다. 그래서 올해는 한번 가볼 생각이 들었다.

그러나 너무 일찌감치 얼굴을 내밀면 궁금해서 안달이 났다고 오해할지도 몰랐다.

그 녀석을 우쭐하게 하면 절대 좋을 일이 없다고 구리타는 판단했다.

그래서 전철을 타기 전에 익숙한 카페에서 커피나 한잔하게 된 것인데…….

*

"……과연, 어려서부터 알던 사이였구나."

설명을 들은 시호가 팔짱을 끼고 고개를 끄덕였다.

구리타는 떨떠름한 표정으로 고개를 끄덕였다.

"내가 일방적으로 괴롭힘을 당한 셈이지만. 어쨌든 오랜만에 대결하기 전에 기운을 차리려고 한잔하러 여기에."

"후후, 역시 아사쿠사 출신다워. 그런 관계도 나쁘지 않다."

"하? 뭐라고?"

잘못 들었나 싶어 구리타가 눈썹을 들어 올리자, 시호는 혈

색 좋은 입술을 활짝 벌려 웃었다.

"사이가 좋은 것도 나쁜 것도 따지고 보면 뿌리는 같다는 소리야. 가깝게 어울리는 것만이 친구는 아니니까."

"어…… 미안한데, 시호 씨. 무슨 소리를 하는지 진짜 모르겠거든."

그런데 그때, 누군가 당돌하게도 구리타의 등을 손가락으로 쿡쿡 찍었다.

돌아보자 바로 뒤에 아오이가 서 있었다.

"……우악!"

손에 든 컵에서 커피가 몇 방울 넘쳤다. 그 정도로 갑작스러운 등장이었다.

"안녕하세요, 구리타 씨."

부명감 넘치는 미모로 수줍게 웃으며 아오이가 인사했다.

오늘 그녀는 따뜻해 보이는 하얀색 오프 터틀넥 니트와 고급스러운 긴 치마를 입고 있었다.

첫 만남 때 머릿속에 새겨진 '화과자의 아가씨'라는 문장이 자연스럽게 떠올랐다.

실제로 아가씨인지 아닌지는 모르지만…… 겉보기에는 분명 우아했다.

하얀 피부에 밝고 다정하다. 구김살 없는 미소는 보기만 해도 마음이 따뜻해진다. 새삼스럽게 누구에게나 사랑받을 미인이라고 생각했다.

오랜만의 만남에 체온이 상승하는 것을 느끼면서도 구리타의 표정은 저절로 무뚝뚝해졌다.

예전부터 이런 상황이면 무뚝뚝해지는 버릇이 있었다.

"……갑자기 놀라게 하지 마. 대체 어디서 나타난 거야, 아오이 씨?"

처음 가게에 들어왔을 때는 없었고, 출입구가 열린 기억도 없었다.

"아, 그게. 그러니까……."

아오이는 말하기 어려운지 말문을 흐리더니 입가에 손을 대고 대답했다.

"잠깐 화장실에."

"그렇군."

일반적으로 생각해 그럴 수밖에.

"화장실이 아니라 손을 씻으러."

"아니, 굳이 고쳐 말하지 않아도 돼."

아오이는 누가 봐도 가련한 외모였지만, 성격은 예상을 벗어나 순진무구. 탈력계* 미인이라는 말은 그녀를 위해 존재한다.

* 보기만 해도 기분이 누그러지고 힘이 풀리는 대상을 의미한다.

"그런데 구리타 씨. 갑자기 죄송한데 이쪽 자리로 옮겨도 될까요? 짐이 저쪽에 있어서요."

"상관없어. 어이, 마스터?"

마스터가 묵묵히 고개를 끄덕이는 것을 보고 아오이는 짐을 가지러 안쪽 자리로 갔다.

아오이가 자리를 뜨자마자 마스터는 은근히 의미심장한 미소를 지으며 구리타에게 속삭였다.

"나한테 감사해라, 구리타."

"하? 어째서?"

"사실은 말이다. 대학 축제랑 구리마루당 휴일이 겹치는 날이 오늘이라고 미리 아오이 양한테 연락을 해뒀거든."

구리타는 순간 말문이 막혔다. 그리고 즉시 카운터에 몸을 붙였다.

"……머, 멋대로 무슨 짓을 한 거야, 어이!"

"아오이 양은 카페를 열자마자 와서 마치 누군가를 기다리는 것처럼 보였다고. 누구를 기다렸는지까지야 나는 모르지만."

"엑, 그래? 그래서 오늘 아오이 씨……."

그러나 구리타는 얼른 생각을 고쳤다.

지금 이건 마스터 특유의 사람을 놀리는 농담일지도 모른다. 의미심장한 말로 부추겨서 이쪽의 반응을 보고 즐거워하는 것이 분명했다.

표정이 굳어진 구리타를 힐끔 보며 마스터가 의기양양하게 웃으며 말했다.

"참고로 화장실로 들어갈 때의 아오이 양, 아주 다급해 보이더라? 마치 누군가를 만나기 전에 얼른 화장을 고치려는 것처럼 보였다고."

"……크윽."

구리타는 이를 악물었다. 하여간 마스터, 사람이 참 고약하다!

그러나 야유라는 것을 알면서도 두근거리는 심장을 부정할 수 없었다. 변두리 동네 특유의 친절함은 쓸데없는 참견과 표리일체지만, 그렇다고 반드시 나쁘지만은 않았다.

"저기, 구리타 씨?"

깜짝 놀라 구리타는 등을 쭉 폈다.

어느새 옆에 아오이가 와 있었다.

아무리 봐도 변두리 동네 출신이 아닌 것 같은 그녀는 재미있는 것이라도 본 듯한 미소를 지으며 코트와 가방을 들고 있었다.

"여러분 즐거우신 것 같은데 무슨 말씀을 나누고 계셨어요?"

"딱, 딱히 별 얘기 안 했어……. 그것보다 아오이 씨, 나가지 않을래?"

"네?"

아오이는 웃으면서 고개를 갸웃거렸다.

"지난번 일의 보답을 하고 싶다고 줄곧 생각했거든. 그렇지만 여기서는 차분하게 얘기하기도 어렵고."

"괜찮아요. 그럼 어디 카페라도 갈까요?"

"카페 다음에 또 카페? 그건 사양하겠어. 더 재미있는 곳에 데리고 가줄 테니까."

"재미있는 곳?"

"그게…… 사실은. 오늘 내가 다니는 대학교가 축제여서……."

"와! 대단해요! 대학 축제라니 대단해요!"

너무도 빠르고 경쾌한 내답.

마치 기다렸다는 듯이 아오이는 등을 펴고 가슴 앞에 양손을 모았다.

"저 대학 축제 좋아해요! 진짜 좋아해요!"

"그, 그래. 그럼…… 같이 갈까?"

"네!"

뭐지, 이 들뜨는 기분은. 아오이가 천진난만하게 좋아하는 모습을 보자 구리타의 심장이 이상할 정도로 뛰었다.

마스터와 시호가 은밀히 눈짓을 주고받는 것이 언뜻 보였다.

"그럼 구리타와 아오이 양. 우리 몫까지 마음껏 축제를 즐기고 와."

"여자한테 너무 막되게 말하지 마, 구리."

"그쪽이야말로 적당히 하시지."

마스터와 시호의 묘하게 억지스러운 미소의 배웅을 받으며 구리타와 아오이는 카페를 나섰다.

*

길을 걸으며 감사 인사를 건네고 단골손님 사이에서 마메다이후쿠가 호평이라고 알려주자, 아오이는 자기 일처럼 밝게 웃으며 기뻐했다.

"와아, 다행이에요. 저도 사실 궁금했는데, 요즘 좀 바빠서 여기까지 오기가 힘들었어요."

"바빴어?"

"네. 우리 집이 좀 특이해서요, 고민거리가 있는 사람들이 때때로 상담하러 오시거든요."

구리타는 순간 당황했다.

"뭐야 그게. 뭐 하는 집인데?"

"평범한 집이에요."

아무렇지 않게 질문을 받아넘긴 아오이는 어딘가 부자연스럽게 말을 이었다.

"그래도 오늘 하루는 쭉 자유예요. 마스터한테 연락을 받고서 매일 이리 뛰고 저리 뛰면서 힘냈으니까요. 어떻게 보면 오늘 마음껏 놀기 위해서 바빴다고 해도 과언이 아니에요. 아니, 과언이에요. 어느 쪽이지!"

"진정해, 아오이 씨."

"어쨌든 저, 그러니까…… 축제를 좋아해서요."

"그래."

그렇다면 학교 축제는 목적지로 제격이었다.

아오이의 집안 사정이 궁금했지만, 다른 사항에는 유창한 그녀의 입이 그것에 한해서는 무거워졌다. 마스터도 캐묻기 쉽지 않을 거라고 귀띔했으니 아오이가 자연스럽게 말해줄 때까지 기다리자.

……굳이 급하게 생각할 것도 없으니까.

그런 생각을 하며 구리타는 아오이와 함께 은행나무가 선명한 노란색으로 물든 늦가을의 아사쿠사를 걸었다.

때때로 은행의 독특한 누린내가 어렴풋이 풍겼으나 경치는 아름다웠다. 잡담도 무르익었다.

역에서 이세사키선(線)을 타고 히키부네 역에서 갈아타 또 몇 분간 전철을 탔다.

목적한 역에 내려 몇 분쯤 걷자 곧 대학이 보였다.

"와, 구리타 씨가 다니는 학교는 굉장히 가깝네요."

"그렇지? 사실 그 이유로 시험을 쳤는데 붙어버렸어. 뭐, 성적으로 따져도 적당했고⋯⋯."

그때는 들어갈 수만 있으면 어디든 좋다고 생각했는데, 알아보니 취업률이 높고 수학과 이과 교원 자격증도 딸 수 있다고 해서 나쁘지 않은 학교였다.

만약 가게를 잇지 않았다면 지금쯤 학점을 따느라 고생이었겠다고 생각하며 거의 1년 만에 대학 정문을 지났다.

아오이가 발랄하게 환성을 질렀다.

"와아! 하고 있어요!"

"헤에⋯⋯."

평일인데도 대학 축제에는 예상보다 손님이 많았다.

이 대학은 기본 이과계 학부밖에 없어서―구리타도 이공계 학부였다―필연적으로 학생 대다수가 남자였다. 대학 생활이 화려하다고 하긴 어려워서 축제도 별로 기대하지 않았는데 생각보다 활기가 넘쳐서 솔직히 놀랐다.

손님들이 다 젊었다. 아마 근처 대학생이 중심일 것이다.

구리타와 아오이는 주변을 둘러보며 북적북적 시끄러운 캠퍼스를 걸었다.

여기저기 직접 만든 간판이 보였다. 서툰 필체로 쓴 간판, 프로 수준의 일러스트를 그린 간판 등 각양각색이었다.

건물에 설치된 현수막을 보니 오늘은 전야제였다. 저녁부터 가수가 라이브도 하는지, 손님 대부분은 그걸 목적으로 온 것 같았다.

"아, 구리타 씨. 저거 보세요."

"응?"

아오이가 가리킨 방향에는 연한 빛의 수수한 간판이 있었다. '화과자 연구회'라고 적혀 있어서 가까이 다가가 읽어보았다.

"'화과자 연구회 이벤트, 대 퀴즈 대회!'……."

"'대학 굴지의 미남 미녀가 모인 동아리입니다. 오후 2시부터 화과자에 관한 퀴즈 대회를 개최합니다! 상품은 호화로운 대량의 팥! 화과자 지식에 자신 있는 분은 모두모두 참가해주세요!'……."

구리타와 아오이는 아무 말 없이 얼굴을 마주 보았다.

"……이건 뭐지?"

"화과자를 연구하는 동아리 같아요."

"아아, 나도 이런 게 있는 줄은 지금 처음 알았어."

구리타는 간판 가까이 얼굴을 대고 빤히 바라보았다.

"……그런데 퀴즈 대회라니. 이럴 때는 보통 직접 과자를 만들어서 노점에서 팔지 않나?"

"노점을 낼 정도로 부원이 많진 않을지도요. 단순히 자리를 확보하지 못했을 수도 있고."

"뭐, 확실히 부원은 적을 것 같다."

부족한 부원 수를 얼버무리기 위해 참가자를 모집하는 형태의 퀴즈 이벤트. 이거라면 몇 명만 있어도 개최할 수 있다. 평소 공부하는 화과자 지식도 선보일 수 있으니 일거양득이라고 생각한 걸까.

상품이 상품이라 그다지 참가자가 모일 것 같진 않겠다며 구리타는 쓴웃음을 지었다.

"축제 기간에 매일 열리는 것 같아요. 구리타 씨, 참가하면 어때요?"

"아니, 초보자들의 유흥에는 흥미 없어. 그보다 노점 하니까 생각났다. 사실 만나야 하는 녀석이 있는데."

"어떤 분이요?"

"나랑 동갑인 사내놈인데 어딘가 노점에 있을 거야. 잠깐 기다려봐."

구리타는 주변을 둘러보다가 제일 한가해 보이는 노점으로 뛰어가 물었다.

"죄송합니다. 나름해 보이는 비주얼계*의 독설가 남자가 운영하는 노점을 찾고 있는데, 혹시 아십니까?"

"어, 글쎄요……. 어, 어라? 구리타잖아!"

같은 과지만 대화를 나눠본 적이 없어 얼굴만 아는 정도의 사이였는데, 그는 구리타를 기억했다.

"여어."

"오오, 오랜만이야. 구리타! 잘 지냈어?"

"뭐, 그럭저럭."

"다행이다. 아사바라면 아마 저쪽에서……."

과 동기는 아사바 료가 있는 곳을 알기 쉽게 가르쳐주었다.

중앙대로를 쭉 직진하면 제1호관 건물이 나오고 그 앞에 축제 송합 섭수저가 있는데, 아사바는 그 근처에 자리를 잡았다고 했다. 장사하기에는 절호의 위치였다.

아사바 주제에 건방지네…… 라고 생각하면서, 화단에 핀보라색 코스모스를 구경하며 중앙대로를 나아가자 노점이 보였다.

상대방은 금방 구리타를 발견했다.

---

* 화장, 화려한 헤어스타일을 비롯해 현란한 차림새를 한 모양을 의미한다.

앞치마를 벗고 후다닥 노점에서 나왔으면서 구리타와 거리가 가까워짐에 따라 귀찮아죽겠다는 듯 느릿느릿한 걸음으로 바뀌었다.

마주 보고 제일 처음 한 말이 참으로 아사바다웠다.

"뭐야, 잘못 봤네. 쇠똥구린 줄 알았는데 구리타잖아."

"……어이."

아사바는 늘 그렇듯이 화려한 복장이었다.

어깨까지 기른 회색 머리카락은 바깥으로 뻗쳤고, 목에는 은 목걸이를 주렁주렁 걸고 앞을 여미는 스타일의 긴 카디건을 입고 있었다.

어울리기 어려운 이런 옷이 싸구려처럼 보이지 않는 것은 단순히 고급품이기 때문이다.

변두리 동네의 소규모 공장이라곤 해도 어쨌든 그는 아사바 제작소의 후계자였다. 어려서부터 용돈이 부족하지 않았다.

"구리타 아직도 살아 있었네. 난 벌써 객사한 줄 알았다만."

"그 말버릇은 여전하구나."

여느 때와 같은 독설을 구리타가 적당히 받아넘기자 아사바가 코웃음을 쳤다.

"여전하다고? 미안하지만 나는 예전처럼 부드럽지 않아. 부드러워도 되는 건 상품뿐이다."

아사바는 작은 종이봉투를 내밀더니 구리타에게 비웃음을 섞어 말했다.

"뭐, 이거라도 먹어보면 이해하지 않겠냐?"

그것은 베이비 카스텔라였다.

*

구리타는 황당해서 한동안 말을 잃었는데, 그의 뒤에서 맑은 목소리가 울렸다.

"으음…… 좋은 냄새가 나네요."

"……으앗?"

그때까지 구리타의 등 뒤에 숨어 있던 아오이가 불쑥 앞으로 나서는 바람에 아사바는 몸을 뒤로 물리고 등을 꼿꼿이 폈다.

구리타에게 집중한 나머지 자그마한 아오이의 존재를 깨닫지 못했나 보다. 미인이 갑자기 출현하면 당연히 놀랄 것이다.

"저기, 이거…… 저도 먹어봐도 될까요?"

아오이가 조심조심 그러나 호기심 왕성하게 종이봉투를 가리켰다.

아오이는 상당히 낯을 가리지만, 성격 자체는 내성적이라기보다는 오히려 그 반대였다.

상대와의 접점을 찾아내면 예상외로 넉살 좋게 말을 걸며 두려워하지 않고 행동한다. 자기 흥미에 충실한 여자이다.

"아, 네……. 드세요."

아사바가 무뚝뚝하지만 약간 흥분한 말투로 대답하자 아오이가 구김살 없이 웃었다.

"고맙습니다. 잘 먹겠습니다."

아오이는 종이봉투에 손을 넣어 베이비 카스텔라를 하나 꺼내 입에 냉큼 집어넣었다. 입을 손으로 가리고 우아하게 씹어 삼켰다.

그리고…….

"굉장히 맛있어요, 이거!"

아오이가 눈을 가늘게 뜨며 부드럽게 웃자 공기가 갑자기 부드러워졌다.

"……진짜?"

구리타도 흥미가 생겨 베이비 카스텔라를 하나 먹었다. 멍하니 눈을 깜박였다.

……예상 이상으로 맛있었다.

아사바가 만든 거니까, 하고 깔봤는데 충분히 먹을 수 있는 맛이었다.

축제 노점상 따위에서 내놓는 베이비 카스텔라는 대부분 겉은 바삭하니 향기가 나고 안은 부드러워서 일종의 스낵 감각으로 먹는데 이건 전혀 달랐다.

좋은 의미에서 직접 만든 느낌이 난다고 할까, 단맛이 적절했고 반죽은 진한 달걀색이 나며 촉촉했다. 야금야금 씹을 때마다 소박하면서도 또렷한 감칠맛이 입안 가득 퍼졌다.

아마 우유나 버터를 사용하지 않고 달걀과 설탕, 꿀, 박력분만으로 지극히 단순하게 만들었을 것이다.

스낵이라기보다 주전부리라고 부르고 싶어지는, 그리움을 자극하는 맛이었다.

"……뭐, 초보자치고는 나쁘지 않군."

구리타는 부루퉁한 표정으로 베이비 카스텔라를 하나 더 먹었다.

아사바는 우쭐해져서는 싱글싱글 웃었다.

"솔직하게 맛있다고 하시지? 이 고집불통아."

"시끄러워. 개인적으로 싫어하지 않는 맛일 뿐이야."

"아아?"

구리타와 아사바가 날카로운 눈빛으로 서로를 노려보았을 때, 아오이가 물색없이 명랑한 목소리로 끼어들었다.

"아, 저도 싫지 않아요, 이런 맛. 생각보다 좋은 재료를 사용하셨나 봐요. 죄송한데요, 세련된 오빠. 요리하는 곳을 잠깐 봐도 괜찮을까요?"

"어? 아, 네……. 괜찮습니다만."

왜인지 존댓말로 대답하는 아사바―사실 본성은 괜찮은 놈이다―에게 가볍게 고개를 숙이고, 아오이는 베이비 카스텔라를 파는 노점으로 종종거리며 다가갔다.

나무 열매를 발견한 다람쥐처럼 주방을 분주하게 둘러보면서 아오이는 신이 났는지 중얼거렸다.

"아하, 업무용 다코야키 기계를 사용하셨군요. 이거라면 한꺼번에 많이 만들 수 있으니까 편리하죠. 재료는……. 아, 제 예상대로 질 좋은 국산 재료를 사용하셨네요. 호감이 가요!"

학교 노점상이 신기한지 아오이는 한껏 흥분했다.

주변의 남학생들은 쭈뼛거리면서도 정체 모를 미인의 거동에서 시선을 떼지 못했다.

아사바가 목소리를 낮추고 물었다.

"어이 구리타……. 저 여자, 뭐 하는 사람이냐?"

"이름은 아오이 씨. 어디 사는 누구인지는 나도 몰라."

"하? 모른다고?"

어이없다는 표정을 짓는 아사바에게 구리타는 어쩔 수 없이 경위를 설명했다.

"얼마 전에 마스터가 소개해줬어. 가게 일로 상담을 좀 받았는데 저래 보여도 평범한 사람이 아니야. 미각 하나만큼은 나보다 위야."

"뭐……. 진짜?"

"그나저나 정말 어디 사는 누구인지, 나도 궁금해죽겠다."

"흐응……. 그래도 마스터의 소개라면 불가능한 얘기도 아니겠어. 그 형씨, 인맥 하나는 알아주니까."

"뭐."

무덤덤하게 동의한 구리타는 헛기침을 하고 주제를 바꿨다.

"그보다 아사바, 무슨 생각이냐?"

"뭐가?"

의도를 털어놓으라고 구리타는 말했다.

"축제에서 보여주고 싶은 게 있다고 해서 왔더니만 제과라니, 맥이 빠지잖아. 목적이 뭐야?"

"아아…… 그런 의미냐."

"그런 의미이고 뭐고. 그야 이 베이비 카스텔라, 너치고는 잘 만들었으니까 자랑하고 싶은 마음도 이해가 안 가는 건 아닌데."

구리타가 이렇게 말한 직후, 아사바가 눈을 게슴츠레하게 뜨며 중얼거렸다.

"……인정했어."

"하?"

"구리타가 마침내 나를 인정했다고."

아사바는 연극하듯이 양손을 펼쳤다.

"싸움에서는 줄곧 못 이겼어도 네놈 특기 분야에서 한 점 따냈어. 아…… 이거 예상했던 것 이상으로 성취감이 느껴진다. 기쁜데."

도취해서 중얼거리는 아사바 옆에서 구리타는 한숨을 내쉬었다.

갑자기 아무래도 좋아졌다. 멀쩡하게 상대하기도 귀찮았다.

슬슬 돌아가야겠다고 생각하면서 구리타는 언짢은 마음에 중얼거렸다.

"……베이비 카스텔라도 뭐 괜찮지만. 나와 경쟁하려면 우리 가게에서도 팔 수 있을 과자로……."

"아, 그건 무리야."

구리타의 혼잣말을 들은 아사바가 원래의 나른한 태도로 돌아왔다.

"나 화과자 싫어하거든."

"……뭐야?"

구리타의 한쪽 눈썹이 쓱 올라갔다.

"어, 말 안 했나? 그게 직업인 너한테는 미안하지만 나, 예전부터 화과자가 별로였어. 못 먹는 건 아닌데 찾아서 먹고 싶지 않아. 솔직히 말해서 싫어."

베이비 카스텔라 건으로 속이 후련해졌는지 아사바는 경쾌하게 말했고, 구리타의 미간 주름은 점점 깊어졌다.

"화과자는 맛도 단조롭고 비주얼도 수수하잖아? 나는 역시 카스텔라 같은 양과자가 아니면 먹을 마음이 안 들어."

"……큭."

"애초에 화과자라는 존재 자체가 별로라고. 그런 건 노인네들이나 먹지……."

"잘도 말하는군."

"아."

말이 지나쳤다고 생각했는지 아사바가 입을 막았으나 이미 잊어진 물이 있다.

구리타는 손의 뼈를 뚝뚝 울리며 차분하게 웃었다. 예전부터 화과자를 깔보는 소리를 들으면 피가 들끓었다.

말 없는 분노를 한 몸에 받은 아사바의 표정이 차츰 창백해졌지만, 그래도 꽁무니를 빼지 않고 구리타를 노려보았다.

"화과자를 싫어하는 게 뭐 어때서? 남의 취향에 시비 걸지 마!"

"네놈이 먼저 걸었잖아."

"싫은 건 싫은 거니까 시비 걸어도 괜찮지!"

"알겠으니까 닥쳐."

반쯤 장난 같았던 초반 분위기가 일변해 진짜 전쟁이 시작되려고 했다.

주변에 오가던 손님들도 숨을 죽이고 멀찌감치 떨어져 둘을 살폈다.

그때, 아오이가 달려왔다.

"구리타 씨, 안 돼요!"

아오이는 구리타에게 다가와 절박한 목소리로 타일렀다.

"안 된다니까요, 이러시면! 주먹질은 하지 말아주세요. 손에 상처라도 생기면 어쩌려고 그래요!"

평소의 그녀와 다르게 안색이 약간 창백해졌다. 왜 이러지?

그래도 덕분에 구리타의 머리가 식었다.

"미안해, 나도 모르게……. 그래도 아직 주먹질은 안 했어. 그보다 갑자기 왜 그래?"

"……모처럼 훌륭한 실력을 갖췄잖아요. 소중히 해야죠……."

일리 있는 말이었다. 조금 과장이 심하다고 생각하면서도 구리타가 수긍하고 물러나자, 아오이는 안도의 한숨을 내쉬었다.

"돌이킬 수 없는 일은 예상하지 못한 순간에 일어나는 거예요. 화과자 장인이 싸우거나 하면 안 돼요."

구리타는 떨떠름한 표정으로 턱을 당기고 가볍게 고개를 끄덕였다.

머리를 식히려는 의미로 아오이에게 지금까지의 경위를 설명했다.

원래 아사바의 초대를 받아 학교 축제에 왔다는 것. 아사바가 사실은 화과자를 싫어해서 그것 때문에 옥신각신했다는 것.

"으음, 그랬군요. 이해했어요."

아오이는 차분하게 고개를 끄덕였다.

"뭐, 나도 어른스럽지 못하긴 했어……."

"괜찮아요. 열아홉 살이면 미성년이고 보통 학생일 나이이니까요."

연상의 여유일까, 아오이가 누님 같은 태도를 보이더니 뜬금없는 소리를 했다.

"그렇다면 이번 일, 제가 어떻게든 해볼게요."

"응?"

"모처럼 즐거운 축제잖아요? 이런 사소한 일로 껄끄러워지기엔 너무 아까워요. 아사바 씨, 지금부터 몇 시간 안에 제가 당신의 화과자 혐오를 고쳐드릴게요."

말투는 경쾌하지만 발언 내용은 대담했다.

아사바는 기가 막혀 입도 뻥긋 못 했고 구리타도 놀라서 눈이 휘둥그레졌다.

"지, 진짜로? 비쩍 말랐지만 이 자식, 생각보다 고집이 세다고."

"전혀 문제없어요. 저, 할 수 있어요. 아니, 제가 할 수 있다면 구리타 씨도 당연히 할 수 있죠. 전제 조건은 같아요."

"전제 조건?"

"네, 이 장소, 여기에 있는 재료와 기술로 아사바 씨의 화과자 혐오를 고칠 수 있어요. 문제는 조각들을 어떻게 조합하는가에 달렸어요."

대체 무슨 소리지?

생각에 잠긴 구리타의 앞에서 아오이는 역동적으로 주변을 둘러보았다. 중앙대로 옆의 퀴즈 대회 간판을 힐끔 보더니 짓궂게 웃었다.

"이왕 축제에 왔으니까 퀴즈에 참여하죠! 우리, 지금부터 어떤 것을 따 오겠어요. 아사바 씨는 그게 뭔지 생각하면서 잠깐 기다려주세요."

*

　아오이와 구리타가 향한 곳은 교내 중앙대로 너머의 소규모 광장이었다.

　광장에 설치된 거대한 간판에는 이렇게 적혀 있었다. '화과자 연구회 이벤트, 대 퀴즈 대회!'

　오후 2시부터 개최인데 사람은 전혀 모이지 않았다.

　설비 역시 딱 봐도 저예산이었다. 정답자 자리로 추정되는 곳에는 총 여덟 세트의 책상과 의자가 가로로 나란히 땅에 놓여 있을 뿐이었다.

　책상 위에 마이크는 있지만 버튼 따위는 없어서 구색만 갖췄다는 느낌이 강했다.

　구리타와 아오이가 집수저에 지원하러 가사, 똑같은 싸가를 입은 화과자 연구회 부원들, 총 네 명뿐인 부원들이 모두 환호했다.

　"오오! 한 번에 두 사람이나!"

　"중지하지 않아도 되겠어요, 회장!"

　아무래도 구리타와 아오이가 첫 참가자인 모양이었다. 퀴즈 대회, 예상 이상으로 인기가 없다.

　구리타는 조용히 아오이에게 속삭였다.

"생각보다 쉽게 손에 넣을 수 있겠는데."

"행운이에요."

구리타와 아오이의 목적은 이 퀴즈 대회 우승자에게 주는 '호화 대량의 팥'을 획득하는 것이었다.

팥은 다양한 화과자의 재료로 사용되므로 그것을 조달하겠다는 발상 자체는 이해할 수 있었다. 그러나 팥 하나만으로 만들 수 있는 과자는 사실 그리 많지 않다.

아오이는 그런 점까지도 고려하고 있을까?

"와아, 팥 좋은데요."

생각이라곤 전혀 없는 것처럼 아오이는 천진난만하게 부원이 보여주는 상품을 구경했다.

왠지 힘이 쭉 빠졌지만 구리타도 물품 보관소로 다가가 상품을 살폈다. 깜짝 놀랐다. 색이 진하고 알갱이가 큰 팥이 투명한 봉투에 가득 들어 있었다.

"이거…… 다이나곤이잖아!"

"네. 윤기가 흐르고 신선한 게 질이 좋은데요. 꼭 갖고 싶어요!"

"확실히 이건 꼭 갖고 싶다."

다이나곤은 팥의 품종이다. 알갱이가 크고 당분이 풍부하며 맛이 강하다. 윤기가 자르르 흐르는 외형도 아름다워서 고급 화과자를 만들 때 주로 사용한다.

껍질이 튼튼해 삶아도 '배가 갈라지지 않는다'는 이유로, 할복자살하는 관습이 없는 관직의 명칭인 다이나곤에서 이름을 따왔다고 전해진다.

"이 팥을 어떻게?"

구리타가 묻자, 화과자 연구회의 회장인 안경을 쓴 짧은 머리의 여자가 자랑스럽게 대답했다.

"우리 집이 팥이나 잡곡을 다루는 전문점이거든. 학교 축제에서 화과자 동아리의 상품으로 쓰겠다고 했더니 이걸로 하라면서 도카치산 다이나곤을 보내주셨어."

"흐음…… 잘됐군. 상품은 거절하지 않고 받아 가겠어."

"자신만만하네. 열심히 해."

회장은 안경테를 지그시 누르며 왠지 모를 불순한 미소를 지었다. 뭐지? 약산 마음에 설리는 태노인데…….

다행히 퀴즈에 참여하려는 사람은 이후 단 한 명도 나타나지 않았다.

참가자는 구리타와 아오이뿐. 이러면 누가 이겨도 팥을 손에 넣는다.

"재수가 좋아, 아오이 씨."

"네. 평소에 마음을 잘 썼나 봐요, 우리."

곧 퀴즈 대회를 시작할 시간이 되었다.

정답자 자리를 여덟 개나 내놓으면 보기 안 좋다고 생각했나 보다. 스태프가 중앙에 다섯 자리만 남기고 나머지를 옆으로 치웠다.

구리타와 아오이는 이미 우승한 기분으로 자리에 앉았다.

그러나 곧 눈을 휘둥그렇게 떴다.

갑자기 세 명의 참가자가 나타나 의기양양하게 빈자리에 앉았기 때문이었다.

그들은 입을 모아 말했다.

"오오, 이런 건 처음이야!"

"어떤 퀴즈를 내려나?"

"초보자인 우리도 맞힐 수 있겠지."

구리타는 자기도 모르게 몸을 불쑥 내밀었다.

"너, 너희는……!"

신규 참가자 세 명은 화과자 연구회의 부원이었다. 조금 전까지 입었던 맞춤 파카를 벗고 사복 차림으로 시치미를 뚝 떼고는 일반인인 척했다.

"대놓고 짜고 치겠다는 거냐!"

구리타는 어처구니가 없어 항의했지만, 셋은 식은땀을 뻘뻘 흘리면서 아예 상대조차 하지 않으려고 했다.

"아아, 이거 귀찮게 됐네요."

옆에 앉은 아오이가 곤란한 표정으로 눈썹을 축 늘어뜨렸다.

"손에 넣을 수 있을까요, 다이나곤."

"……걱정하지 마, 아오이 씨. 이렇게 됐으니 의지로라도 질 수가 없지. 내가 반드시 우승할 테니까 나서지 마."

깜짝 놀랐는지 아오이는 입을 다물고 살짝 뺨을 붉히며 중얼거렸다.

"왠지…… 좋아."

"응?"

"아, 아니요! 아무것도."

"……왜 그래?"

캐물으려고 했을 때, 사회를 맡은 회장이 마이크를 들고 앞으로 나섰다.

"여러분, 참여해주셔서 정말 감사합니다! 저는 화과자 연구회의 회장인 니토베라고 합니다. 아무쪼록 잘 부탁합니다. 자, 오늘은 엄정한 심사를 거친 끝에 여기 앉아 계신 다섯 분께서 출전하셨습니다."

회장이 익숙한 태도로 인사하고, 관객에게 넉살 좋게 진행 순서를 설명했다.

엄정한 심사라니 웃기고 있네. 구리타는 기가 막혀서 중얼거렸으나, 어느새 주변에 사람이 꽤 모여들어 호기심에 차 이벤트를 구경하고 있었다.

생각보다 주목을 받았다.

……이렇게 된 이상, 불만을 제기하는 것보다 관객들이 이해할 수 있게 때려눕히는 게 낫겠다.

구리타는 책상 위의 마이크를 꽉 움켜쥐었다.

규칙은 단순했다. 열 문제를 먼저 맞힌 사람이 우승이었다. 오답일 경우 한 번 쉰다.

드디어 회장이 낭랑하게 목소리를 높였다.

"그럼 지금부터 화과자 퀴즈 대회를 시작하겠습니다! 첫 번째 문제."

'화과자'라는 말은 언제 생겨났을까요?

문제를 내자마자 바람잡이 중 한 명이 "저요!" 하고 손을 들었다.

사회자인 회장이 지명하자 그는 씩씩하게 대답했다.

"메이지 시대!"

"정답!"

"오오" 하고 구경꾼 사이에서 환성이 터졌다.

회장이 손에 든 프린트를 보며 만족스럽게 해설했다.

"네, 화과자 대부분은 에도 시대에 발전했다고 합니다. 센고쿠 시대*가 끝나 세상이 평화로워지면서 음식 문화에 열중할 여유가 생겼기 때문이겠죠. 이윽고 메이지 시대에 들어서면서 서구 문화가 차례차례 들어왔는데요, 그중에 일본의 과자와는 계통이 전혀 다른 것이 있었습니다. 밀가루를 주재료로 한 그 과자들과 그때까지 전통적으로 전해진 과자를 구분하기 위해서 양과자와 화과자라는 단어가 생겨났다고 보고 있습니다."

구경꾼들이 솔직하게 감탄하는 소리를 냈다.

반대로 구리타는 위협적으로 입술을 올려 웃었다.

"양보할 필요가 전혀 없겠는데."

이번에는 일부러 관전했다. 바람잡이의 동향을 살피기 위해서.

그들이 단순히 분위기를 북돋으려는 목적으로 참여했을 가능성도 있다고 보았는데, 아니었던 모양이다.

……놈들은 대놓고 이기려고 하고 있다. 앞으로는 한 문제도 빼앗기지 않겠다.

"그럼 두 번째 문제!"

---

* 15세기 후반부터 16세기 후반까지 중앙정부의 권위가 약해져 지방의 군웅이 다투던 혼란한 시대.

사회자가 기운차게 소리를 질러 구리타도 책상 위의 마이크를 움켜쥐었다.

*

이후 구리타는 타고난 순발력을 마음껏 발휘했다.

화과자에는 다양한 종류가 있는데, 크게 세 종류로 나누어집니다.

각각 뭐라고 할까요?

"정답!"

"네, 구리타 씨!"

"나마가시, 한나마가시, 히가시. 분류는 수분 함유량에 따라서."

간결하고도 정확한 구리타의 답변에 사회자는 눈을 커다랗게 떴다.

"저엉다압!"

구경꾼들이 박수를 쳤다.

"식품을 취급할 때 수분이 어느 정도 포함되었는지가 중요

합니다. 화과자의 경우에는 수분 함량이 40퍼센트 이상인 것을 생과자인 나마가시, 10퍼센트 미만인 것을 마른 과자인 히가시, 그 중간인 것을 반생과자인 한나마가시라고 부릅니다. 구리타 씨, 대단하신데요."

구리타는 반응하지 않았다. 이 정도는 화과자를 다루는 자에게 상식이었다.

사회자는 팔을 획획 흔들며 퀴즈를 진행했다.

"……그럼 다음 문제!"

양갱은 중국에서 전해진 과자인데요, 현재 일본에서 흔히 먹는 양갱과는 달랐습니다. 원래는 뜨거운 국물 요리를 의미했어요. 그 국물에 사용한 건더기는 무엇일까요?

"정답, 양고기!"

"정답! 엄청난 속도시네요, 구리타 씨!"

사회자가 당황해서 눈을 깜박이며 설명했다.

"양갱은 중국에서 오랜 역사를 자랑하는 요리로, 양고기를 넣은 걸쭉한 갱. 바로 수프였습니다. 지금 일본의 양갱과는 전혀 달랐어요."

확실히 그건 과자라고 보기는 어렵겠군. 그렇게 생각하며 구리타는 아무 생각 없이 고개를 돌렸다.

그런데 옆에 앉은 아오이가 턱을 괴고 생글생글 웃으며 자신을 지켜보는 모습이 보여서 왠지 머쓱해졌다.

사회자는 유창하게 설명을 계속했다.

"그 양갱이 왜 지금과 같은 형태로 변했는지에 대해서는 다양한 설이 있습니다. 양의 갱을 일본에 전한 선승이 육식을 할 수 없기에 대신 팥을 사용한 것에서 유래했다거나 양의 간 모양을 본떠 만든 '요칸코'라는 떡이 전해졌을 때, 이 '칸'이라는 한자를 혼동해서 양갱이라고 불리게 되었다는 설도 있는데요.* 예전 일이다 보니 진상이 무엇인지는 확실하지 않습니다. 음식의 역사는 재미있지요."

모호한 부분은 대충 얼버무리며 사회자는 계속 문제를 냈다. 구리타는 차근차근 답을 맞혔다.

킨쓰바는 에도 시대 때 교토에서 만들어진 화과자입니다. 그때는 뭐라고 불렸을까요?

---

* 양갱(羊羹)과 양의 간(羊肝)은 모두 '요칸'으로 발음되며 두 번째 글자인 '칸'의 한자만 다르다.

"긴쓰바!"

"구리타 씨, 또 정답! 형태가 일본도의 날밑과 비슷했기에 원래 교토에서는 긴쓰바라고 불렀습니다. 에도로 전해지면서 긴쓰바의 한자 은(銀)이 금(金)으로 바뀌어 킨쓰바가 되었습니다."**

오하기와 보타모찌는 거의 흡사한 화과자입니다. 이 둘을 구별한 이유로는 다양한 설이 있는데요, 일설에 따르면 봄에 먹는 것이 보타모찌이고 가을에 먹는 것이 오하기라고 합니다.

그렇다면 겨울에 먹으면 뭐가 될까요?

"기타마도!"

"정답! 구리타 씨 내단합니다! 오하기는 재료로 잡쌀을 사용하는데, 떡을 찧지 않고 만들 수 있어서 '쓰키시라즈'. 즉, 달을 모른다는 언어유희를 통해 이렇게 불리게 되었습니다. 겨울밤, 북쪽 창문에서는 달이 보이지 않는다, 라는 풍류죠. 이어서

** 교토에서는 멥쌀가루로 반죽을 만들었다. 그 형태나 색깔 때문에 은(銀) 자를 써서 긴쓰바(銀鍔)라고 불렀다. 에도로 전해지면서 반죽 재료가 밀가루로 바뀌었고 '은보다 금이 경기가 좋다'는 이유로 이름이 킨쓰바(金鍔)로 바뀌었다. 악(鍔) 자의 일본어 발음인 쓰바는 칼날과 칼자루 사이에 끼우는 날밑이라는 뜻이다.

다음 문제!"*

그렇다면 여름에 먹으면 뭐가 될까요?

"요부네!"

"또 정답입니다! 조금 전의 예시와 마찬가지로 떡을 찧을 필요가 없다는 것을 바꿔 말한 것입니다. 밤에는 어두워서 배가 '언제 도착할지 모른다'**는 언어유희입니다."

이후에도 구리타의 정답 행진이 이어져 퀴즈 대회는 또 다른 의미로 달아오르기 시작했다. 그의 호쾌한 진격이 언제까지 이어질 것인가?

구리타는 끼어들 여지를 주지 않고 정답을 연발했다. 바람잡이에게 손을 쓸 기회를 주고 싶은 마음이 없었다.

* 일본어로 '찧다'와 '달'은 한자는 달라도 똑같이 '쓰키'라고 발음되고, '시라즈'는 '모른다'는 뜻이다. 따라서 '쓰키시라즈'는 '찧는 것을 모른다'와 '달을 모른다'라는 뜻이 된다. 또한 '기타'는 '북쪽', '마도'는 '창문'이라는 뜻이다. 따라서 '기타마도'는 '겨울철에 달이 보이지 않는 북쪽 창문'이라는 뜻이 된다. 동음이의어에 착안한 말장난이다.

** '도착하다' 역시 일본어로 '쓰키'라고 발음되며, '요부네'는 일본어로 '밤배'를 뜻한다.

마침내 사회를 맡은 화과자 연구회의 회장이 반쯤 홧김에 소리쳤다.

"열 문제 정답! 구리타 씨, 이의를 제기할 수 없는 완전한 승리, 축하합니다!"

큰 환성이 주위를 감쌌다.

구경꾼의 박수갈채를 받으며 구리타는 바람잡이 참가자를 바라보고 싱긋 웃었다.

"어때. 내가 분위기를 띄웠지?"

그들이 이를 악무는 모습을 희희낙락 쳐다보며 구리타는 상품을 받았다.

*

"와아, 어른스럽지 못할 정도로 이겼네요, 구리타 씨."

"지나쳤나?"

"아니요, 진짜 멋있었어요! 영웅 같았어요!"

"그, 그래……."

구리타는 입을 꾹 다물고 무뚝뚝한 표정을 지었다. 왼손에는 획득한 다이나곤 팥 봉지를 들고 있었다.

2킬로그램이니까 옆구리에 가볍게 들고 있는데, 팥소로 만들면 몇 배나 늘어날 테니 실제로는 어마어마한 양이었다. 떡 없는 팥죽이라면 100인분은 여유롭게 만들 수 있다.

구리타와 아오이는 퀴즈 대회를 마치고 중앙대로를 지나 아사바의 노점으로 돌아가는 중이었다.

발언할 기회도 주지 않고 압승을 거두어 바람잡이들의 체면을 깔아뭉겠으나, 결과적으로 구경꾼들이 좋아했기에 화과자 동호회 회장은 기뻐했다. 상부상조한 셈이었다.

제1호관 건물 앞에 와보니 노점 주변은 아까보다 한산했다.

점심시간이 지나 대목이 끝난 탓일까. 아니면 다른 곳에서 열린 이벤트를 보러 몰려갔을지도 모른다.

아사바의 베이비 카스텔라 노점의 스태프들은 모두 느긋하게 잡담을 나누고 있었다.

옆의 크레이프 노점은 재료가 떨어졌는지 벌써 뒷정리를 시작했다.

"여어, 한가롭네."

구리타가 말을 걸자 아사바는 나른하게 노점에서 나왔다.

"아니, 한가로워 보이는 건 아무리 봐도 그쪽이야. 진짜 돌아오다니, 둘 다 진정한 잉여인가 보네."

예의 바르게도 독설로 맞아주는 아사바를 바라보며 구리타는 언짢게 말했다.

"나는 몰라도 아오이 씨에게 실례되는 소리는 하지 마. 그보다 봐라."

구리타가 다이나곤 봉지를 앞으로 내밀자 아사바는 단정한 눈썹을 찡그렸다.

"……팥?"

"정답. 그럼 두 번째 문제. 내가 이 팥을 어디서 조달했을까?"

"갑자기 웬 퀴즈? 내가 어떻게 알아. 그보다 팥을 가져와서 뭘 어쩌려고?"

"그게…… 사실 나도 그걸 알고 싶어."

"하아? 구리타, 마침내 뇌가 다 타버린 거냐?"

그때 아오이가 장난스럽게 끼어들었다.

"두근두근거려요. 그럼 세 번째 문제예요. 구리타 씨가 들고 계신 팥요, 작을 소에 콩 두를 써서 '아즈키(小豆)'라고 읽는데, 화과자 업계와 상품선물거래에서는 다른 이름으로 불릴 때가 많아요. 뭘까요?"

아사바는 황당해서 멍한 표정으로 되물었다.

"……둘 다 왜 자꾸 퀴즈를 내는 거야?"

"자, 어쩌면 여기에 두 번째 문제의 답이 숨어 있을지도 몰라요. 세 번째 문제의 답은 '쇼즈(小豆)'. 클 대에 콩 두를 써서

콩을 '다이즈(大豆)'라고 읽는데, 그와 대비해서 팥을 '쇼즈'라고 불러요."

"아, 그래요?"

"그렇습니다. '아즈키'라고 읽는 일본어 훈독이 언제, 어떤 경위를 거쳐 붙여졌는지에 대해서는 이론이 다양한데, 흥미가 있으시면 돌아가셔서 도서관에서 꼭 찾아보세요!"

아오이는 경쾌하게 아사바의 흥미를 끌고 구리타에게 조용히 속삭였다.

"……구리타 씨, 앞으로는 저한테 맡겨주실래요?"

"응? 괜찮아?"

"아무리 생각해도 그래야 원만하게 끝날 것 같아서요. 그리고 아까 멋진 모습을 보여주셨으니까 이번에는 그 보답으로 제가!"

"그래…… 그렇다면 부탁할게. 그런데 팥은 어디에 쓰는데?"

아오이가 다이나곤 팥으로 어떤 화과자를 만들 생각일지 사실 계속 궁금했다.

그녀는 구리타에게 깜짝 놀랄 대답을 들려주었다.

"딱히요."

"어……?"

"지금은 쓸 예정이 없는데요."

아오이가 의아하다는 듯이 고개를 갸웃거리며 대답한 탓에 구리타는 기가 막혔다.

구리타는 몸을 불쑥 내밀었다.

"그게 뭐야! 그럼 뭐 때문에 퀴즈 대회에 나간 거야, 아오이 씨!"

"꺄악! 갑자기 큰 소리를 내지 않아도 잘 들려요!"

"아니, 그쪽도 목소리가 크거든! 됐고, 대체 뭔데? 아오이 씨, 지금 생각 없이 행동하는 거 아니야?"

"아니요, 절대 그렇지 않아요. 어쨌든 지금은 맡겨주세요!"

지금 문답을 듣고 팥을 입수한 경위를 짐작했는지, 이해했다는 표정을 짓는 아사바를 데리고 아오이는 노점으로 향했다. 구리타도 당황한 채로 따라갔다.

"그럼 아사바 씨, 제가 지금부터 당신의 화과자 혐오를 고쳐 드리겠어요!"

"으음⋯⋯. 절대 무리라고 생각합니다만."

아사바는 조용히 중얼거리면서도 아오이 곁을 떠나지 않았다. 분명 흥미를 보였다.

작은 종이봉투에 든 팔다 남은 베이비 카스텔라를 가리키며 아오이가 발랄하게 말했다.

"카스텔라."

"네."

아사바는 나른하게 대답했다.

"이건 화과자예요."

"……네?"

무슨 소리냐는 듯이 눈을 동그랗게 뜨는 아사바 앞에서 아오이가 호들갑스럽게 한숨을 쉬었다.

"역시. 보통 그렇게 생각하지 않으시죠. 그런데 사실이에요. 카스텔라는 엄연히 일본 과자랍니다."

"카스텔라가……?"

옆에서 이야기를 듣던 구리타는 묵묵히 고개를 끄덕였다.

그것 자체는 알고 있었다. 화과자 장인으로서 상식이었다.

카스텔라는 별사탕이나 볼로* 등과 마찬가지로 무로마치 시대**에 선교사가 포르투갈에서 들여왔다고 전해진다.

이른바 남만 과자다. 나가사키를 중심으로 전국에 퍼져 일본의 독자적인 개량을 거치며 발전했다.

그 후 에도 시대를 지나 메이지 시대 때 유럽에서 새로운 종류의 과자가 일본에 들어오면서 '화과자'와 '양과자'라는 분류

---

* 밀가루, 계란, 설탕 따위를 섞어서 동그랗게 구워내는 과자로 우리나라의 계란과자와 비슷하다.
** 아시카가막부가 정권을 잡은 1336년부터 1573년까지 약 240년간.

가 생겼다.

그때까지 일본에 존재했던 것은 '화과자'이며 없었던 것은 '양과자'이다.

따라서 카스텔라도 별사탕도 볼로도 엄연히 화과자에 속한다.

물론 베이비 카스텔라와 카스텔라는 다른 것이지만, '거품을 낸 달걀에 밀가루와 설탕 등을 섞은 반죽을 틀에 흘러 넣어 구운 것'이라는 근본적인 부분이 공통적이다.

게다가 아사바의 노점에서는 스낵 느낌이 아니라 표준적인 카스텔라와 비슷한 재료로 구성해 추억의 과자 같은 맛이 나는 유사 베이비 카스텔라를 만들었다.

그런 의미에서 일반적인 베이비 카스텔라보다 좀 더 정통 카스텔라에 가까운데……

구리타는 이야기가 어떻게 진행될지 턱을 짚고 사태를 관전했다.

"과연……. 그런 이론입니까."

아오이에게 설명을 들은 아사바는 감탄하며 앞머리를 쓸어 넘겼다.

"카스텔라는 엄연히 화과자이고 나는 그걸 포장마차에서 만들어서 먹었다. 그러니까 화과자를 싫어할 리가 없다…… 당신 말씀은 이런 뜻이죠?"

"맞아요."

"나는 내 안의 잘못된 이미지에 갇혀서 단순히 화과자를 혐오한다고 믿었던 거다?"

"이해가 빠르시니 다행이에요."

아오이가 만족스럽게 웃었다.

아사바는 잠시 입을 다물었다가 갑자기 묘한 소리를 했다.

"……저 예전에 야구 소년이었어요."

"네? 야구……요?"

예상치 못한 화제에 의표를 찔렸는지, 아오이는 긴 눈썹을 팔락팔락 깜박였다.

"그때 투수를 맡아서 제법 진지하게 했어요. 동네 자치회 대항전에서 구리타한테 크게 한 방 맞은 뒤로 전부 그만뒀지만."

"아, 네에."

아오이는 당황했지만 구리타는 옛날이 그리워져서 중얼거렸다.

"그랬지……. 그런 일이 있었어."

"나는 지금도 선명하게 기억하고 있어, 이 홈런 멍청아."

아사바가 의미 모를 독설을 뱉어서 구리타는 발끈했다.

"자아, 자아. 그보다 아사바 씨, 야구가 어떻게 됐는데요?"

아오이가 말리자 아사바는 슬픈 표정을 지으며 말했다.

"만약에 말이에요. 내가 지금도 야구를 계속했다면, 당신은 어떻게 생각하겠어요?"

"네……?"

"게다가 이런 차림으로. ……내가 전신 비주얼계 옷을 입고 야구를 한다면, 그걸 본 당신은 어떻게 느끼겠어요?"

"……이상한 사람이라고 생각하겠죠, 아마."

"그렇죠? 보통 그렇게 생각할 거예요. 야구는 역시 야구에 어울리는 옷으로 하지 않으면 이상하잖아요? 설령 플레이하는 내용물이 같더라도 이미지가. 그거랑 같아요."

아사바는 드물게도 진지한 표정으로 설명했다.

"물론 내 화과자 혐오가 이미지에서 오는 문제일지도 모르지만……. 그렇지만 그것도 중요하잖아요? 카스텔라는 아무래도 양과사라는 이미지가 있다고요. 나는 카스텔라의 맛을 좋아하고 서양적인 이미지도 좋아해요. 그런 건 말로 설명을 듣는다고 바뀌지 않아요."

논리적으로 합당한지는 미묘하지만 말투는 진지했다. 아사바의 일관적인 생각이 전해져서 구리타는 역시 이렇게 되는구나, 하고 생각했다.

아오이와 아사바는 잠시 의지가 깃든 강한 시선을 주고받았으나…….

"그야 그렇죠."

아오이가 태연자약하게 인정해버려서 구리타의 무릎이 휘청 꺾였다.

"아오이 씨……!"

"괜찮아요. 왠지 이렇게 될 것 같았으니까. 그래서 준비했어요. 유비무환이라고 하죠."

아오이가 자신만만하게 말했다.

"저기요, 아사바 씨. 당신은 화과자의 맛이 아니라 이미지를 싫어하시죠. 즉, 먹어보지 않았지만 무작정 싫어하신다는 거죠? 논리적으로."

"응? 뭐…… 그렇게 되나요."

"다행이다. 그럼 조금 도와주셨으면 하는데요."

"괜찮긴 한데…… 대체 뭘를요?"

"삶을 거예요, 다이나곤을!"

한 방 먹은 아사바는 대꾸도 못 하고 눈만 깜박였다.

*

그로부터 한 시간이 지났다.

노점에서 아주 향긋한 냄새가 났다.

"으음…… 이거 대단하다. 왠지 흥분되는데요, 아오이 씨."

"그렇죠?"

"나쁘지 않아요."

아사바와 아오이와 구리타가 들여다본 냄비 안에는 진한 적갈색을 띤 다이나곤이 보글보글 끓고 있었다.

이곳은 아사바의 노점 옆, 조금 전까지 크레이프를 팔던 노점이었다. 지금은 구리타 일행 셋이 빌려 쓰고 있었다.

뒷정리를 마치기 전에 잠깐 쓰게 해달라고 스태프에게 부탁하자 흔쾌히 빌려주었다.

그들은 저녁에 시작하는 가수의 공연을 보러 갈 예정이니까, 공연이 끝날 때까지 써도 된다고 했다.

안면이 있는 사이이고 구리타가 프로 화과자 장인인 덕분이리라. 불 쓰는 것에만 유의해달라는 부탁을 남기고, 크레이프 노점 스태프들은 안심하고 떠났다.

그 후 아오이의 부탁을 받아 구리타는 여러 노점을 돌아다니며 조리 도구를 빌렸고, 페트병 생수 등을 조달했다. 아사바는 그걸 사용해 아오이의 지시에 따라 다이나곤 팥을 냄비에 삶기 시작했다.

처음에는 어쩔 줄 모르던 아사바도 미인의 적절한 안내를 받은 덕에 지금은 기분이 좋아졌다. 앞여밈 카디건 위에 앞치마를 걸치고 들뜬 목소리를 냈다.

"팥소는 설탕이랑 팥으로만 만드는 거네요."

"그래요. 아사바 씨, 어떤 줄 아셨어요?"

"뭔가 좀 더 다양한 진액이 혼합된 거라고."

"진액……."

아오이는 미묘하게 얼굴을 찡그렸지만, 영리한 그녀답게 이
야기를 잘 받았다.

"그건 그러네요. 팥은 정말 몸에 좋은 진액이라고 할까요, 영
양분이 많이 함유되었으니까요. 일본에 팥이 전해진 건 3세기
무렵으로 원종은 원래 자생했다는 설도 있는데요…… 당시에
는 약으로만 사용했다고 해요."

"헤에. 영양이 그렇게 풍부해요?"

"네. 피로 해소에 좋은 비타민 B1, 피부에 좋은 B2, B6, 식이
섬유와 미네랄도 풍부하고 콜레스테롤 흡수를 억제해주는 사
포닌도 함유되었어요."

"흐음."

"또 여성에게 좋은 폴리페놀. 효과는 항산화 작용으로 인한
노화 예방이고요. 포도주보다 팥에 더 많이 들어 있으니까 안
먹으면 손해죠."

"수수하면서도 대단한 음식이었네요."

"이 세상에 정말 대단한 건 대부분 수수하니까요."

"아니죠, 화려한 것 중에도 대단한 건 있어요."

아오이는 특기인 풍부한 지식을 선보이며 아사바의 흥미를 끌었고, 구리타는 팔짱을 끼고 옆에 서서 냄비 상태를 살피고 있었다. 알이 굵은 팥이 차근차근 삶아져서 잔뜩 불어났다.

지금 계절에 구리타의 가게라면 팥을 하룻밤 물에 담가두지만, 이번에는 생략했다.

아오이의 목적은 구리마루당의 맛을 재현하는 것이 아니고, 물에 담그지 않는다고 해서 잘못된 방법도 아니니까.

마찬가지로 떫은맛을 제거하는 시부키리도 어떤 맛을 추구하는가에 따라 횟수가 달라진다. 아예 하지 않더라도 의도한 것이라면 괜찮다.

섬세하진 않아도 와일드한 맛이 나는 팥소가 될 것 같았다.

그래도 그만큼 조리 시간을 대폭 단축할 수 있다.

다이나곤도 약 150그램 정도 사용했을 뿐이니 해가 저물기 전에 완성할 것이다.

마침내 팥이 적당하게 뭉실뭉실 삶아졌다.

다른 냄비에 물을 버리고 부드럽게 삶아진 뜨거운 팥의 수분을 천으로 짰다.

"그럼 아사바 씨, 여기에 설탕을 넣을 거예요."

"양은요?"

"이 정도. ……이얏!"

아오이는 삶기 전의 팥과 같은 분량의 설탕을 투입했다. 다시 냄비에 올리자 수분이 배어 나와 부드러워졌다. 소금을 전체적으로 약간 뿌렸다.

잠시 후 농후하고 맛있어 보이는 팥소가 완성됐다.

"오오…… 좋은 냄새가 나요!"

냄비에 대고 코를 벌름거리는 아사바를 보며 아오이도 웃었다.

"재료가 워낙 좋으니까요. 구리타 씨, 마무리를 부탁해도 될까요?"

"아아, 물론."

눈지 않도록 약불로 줄이고 팥소의 수분을 주걱으로 휘저어 날리며 구리타가 물었다.

"그쪽은 뭘 하려고?"

시키는 대로 협력은 하지만, 구리타도 아직 의도를 파악하지 못했다.

아사바에게 이 자리에서 다이나곤 팥을 삶게 하고, 구리타에게 본격적으로 팥소를 만들게 시키면서까지 아오이는 뭘 꾸미는 것일까?

"저랑 아사바 씨는 원반을 만들 거예요."

"······원반?"

구리타는 귀를 의심했다.

설마 하늘을 나는 원반은 아니겠지. 아니, 아오이라면······.

그보다 크레이프 노점에는 이제 재료가 하나도 남아 있지 않았다. 구리타가 어리둥절해하는데, 아오이는 조금 전까지 아사바가 있었던 바로 옆의 베이비 카스텔라 노점을 가리 켰다.

"저걸 사용하려고 해요."

순간, 구리타는 번뜩 깨달았다. 그 후 폐에서 천천히 숨을 내 뿜었다.

······그런 거였나.

이 난계에 이르러 구리타도 간신히 아오이의 행동이 시닌 의미를 이해했다.

"저기, 아사바 씨. 베이비 카스텔라의 재료를 조금만 나눠주 시면 좋겠는데요."

"이번에는 뭘 할 생각이죠?"

"글쎄요, 뭘까요? 네 번째 문제예요. 맞혀보세요."

"또 퀴즈인가요······?"

아사바는 한동안 고민했지만 금방 포기하고 재료를 조달하러 갔다.

재료를 나눠달라고 한 이상, 베이비 카스텔라 만들기 말고는 할 일이 없다고 생각한 것 같았다. 달걀과 꿀, 박력분 등을 양손 가득 안고 돌아왔다.

"이 정도면 될까요?"

"충분해요. 그럼 아사바 씨, 팥소는 구리타 씨한테 맡기고 우리도 페이스를 높이죠."

"페이스?"

"이건 공동 작업이니까 타이밍이 중요하거든요. 먼저……."

아오이는 얼떨떨한 표정을 지은 아사바에게 볼을 건네 그 안에 달걀을 두 개 깨뜨렸다.

"신선하고 좋은 달걀이네요. 자, 평소 하던 요령대로 섞어주실래요?"

"으음, 뭐가 뭔지 모르겠지만…… 일단."

베이비 카스텔라 노점을 하면서 단련했는지, 아사바는 익숙한 손놀림으로 거품기를 들고 달걀과 설탕과 꿀을 적당히 섞기 시작했다.

잠시 후, 아오이는 볼에 밀가루를 투입했다.

가루가 잘 섞일 때까지 아사바에게 섞게 한 후, 소량의 베이킹 소다를 넣었다. 소다를 넣어야 폭신하게 구워진다.

반죽을 볼 안에 잠깐 재워둔 후, 아오이는 크레이프용 핫플레이트를 가열해 샐러드유를 살짝 뿌려서 준비를 마쳤다.

"그럼 아사바 씨, 준비하고…… 구울까요!"

"좋았어. 카스텔라 반죽으로 크레이프를 만드는 거죠?"

이해했다며 아사바가 고개를 끄덕였다.

"아무튼 맡겨주시죠. 나, 이래 보여도 잘합니다."

"두껍게 만들고 싶으니까 반죽을 많이 넣어주세요."

아오이의 재촉을 받은 아사바가 국자로 반죽을 떠서 핫플레이트에 걸쭉하게 흘렸다. 지름 8센티미터 정도 되는 반들반들한 원형이 펼쳐졌다.

"이거 너무 두껍지 않아요? 좀 더 펴는 게……."

"아니요, 이게 딱 좋아요."

아사바는 고개를 갸웃거렸지만 아오이는 어디까지나 침착했다.

반죽을 구웠다.

표면에 미세하게 구멍이 뻐끔뻐끔 생겼을 때, 아오이의 지시에 따라 뒤집었다.

노릇노릇 갈색으로 변한 면을 바라보며 뒷면도 굽고, 완성한 것을 도마에 올렸다.

아사바가 조용히 중얼거렸다.

"어라? 이거…… 혹시."

"맞았어."

가까이 다가온 구리타가 구워진 반죽 위에 주걱으로 뜬 팥소를 살포시 올렸다. 다른 반죽 한 장으로 그것을 부드럽게 감쌌다.

눈을 동그랗게 뜬 아사바 옆에서 아오이가 짝짝 박수를 쳤다.

"와, 멋져요. 원반 합체! 두 분의 공동 작업으로 무사히 완성했어요. 정말 맛있을 것 같아요."

"그렇군" 하고 아사바가 조용히 중얼거렸다.

"크레이프도 카스텔라도 아니야. ……도라야키였어."

먹음직스러운 갈색으로 구워져 도마 위에 누운 그것은 보기만 해도 기분이 좋아지는 독특한 존재감을 한껏 뽐냈다.

*

총 여섯 개의 도라야키가 완성됐다.

아사바는 파이프 의자에 앉아 종이 접시에 담긴 뜨끈뜨끈한 그것을 가만히 바라보았다.

"아사바 씨는 카스텔라에서 양과자 이미지를 느끼셨지만 원래 카스텔라는 화과자이고, 그걸 변형해서 도라야키를 만들었

156

다…… 이러면 어딜 어떻게 봐도 화과자이죠?"

"……예상외로 비슷한 재료를 쓰는군요."

"반죽 재료는 이번에 아사바 씨가 만드신 것과 완전히 똑같아요. 그러니까 사양하지 말고 드세요!"

말투는 경쾌하지만 아마 아오이도 그렇게 여유가 넘치지는 않을 것이다. 옆모습이 약간 긴장한 것 같았다. 아사바와 마주 보고 앉은 구리타는 내면의 긴장감을 억누르고 추이를 지켜보았다.

한동안 침묵이 이어졌으나, 곧 아사바가 더는 못 참겠는지 입술을 핥았다.

"……읏!"

마침내 도라야키를 집어 맹렬히 달려들었다.

한입 가득 물었다.

꼭꼭 씹어서 꿀꺽 한 개를 해치우더니, 아사바는 눈을 동그랗게 뜨고 고개를 들었다.

"마, 맛있어!"

구리타와 아오이는 자기도 모르게 몸을 젖혔다.

"이 도라야키, 맛있어요! 겉이 축축하고 부드러워서 '정말로' 맛있어!"

어쩔 줄 모르며 아사바가 얼굴을 찡그렸다.

"팥소는 맛이 뭉근하면서도 진한데 너무 달지도 않아요. 게다가 팥은 자근자근한데 깨물면 부드럽게 뭉개져. ……최고야!"

꾸밈없이 생생한 단어인 만큼 강렬한 감정이 전해졌다.

맛있다, 맛있다 연발하며 자기 나름대로 표현하는 아사바. 도라야키가 여간 마음에 들었는지 굉장한 속도로 입에 가져갔다.

그러나 어떤 의미에서 당연한 결과였다.

아사바는 화과자를 싫어하는 것이 아니라 화과자의 이미지를 싫어했다. 다시 말해서 먹어보지도 않고 무턱대고 싫어했던 것이니 실제로 맛을 보면 이런 결과가 나온다.

왜냐하면 맛에는 자신이 있으니까. 구리타는 속으로 중얼거렸다.

먹어보게 한 아오이의 작전 승리였다.

"이러쿵저러쿵해도 이미지는 실체가 없는 거니까요. 실제 체험에는 절대 못 이겨요."

아오이는 검지를 들고 상큼하게 흔들었다.

"자기 눈으로 보고 자기 손으로 만지고…… 그렇게 실제로 경험하면 이미지는 간단히 바뀌죠. 말하자면 이미지란 불완전한 정보, 즉 선입견이니까요."

"과연. 그래서 아사바 본인에게 만들게 했군?"

"네. 호불호나 먹어보지 않고 싫어하는 버릇을 고치는 최고의 방법은 본인이 직접 해보는 것. 저는 이렇게 생각해요. 음식은 내 입에 들어가는 거니까 음식에 대해서 정확히 모르는 건 자기 자신을 소홀히 하는 행위라고요."

식품이 만들어지는 과정을 체험해서 알면 부가된 정보에 따라 대상의 가치가 높아지고 그에 따라 맛있게 받아들일 수 있다고 아오이는 설명했다.

"자기 인식을 새로이 바꾸는 건 언제나 자기가 하는 행위죠. 아무리 전문적인 지식을 장황하게 늘어놓아도 사람의 마음은 움직이지 않아요."

"잠깐만……. 그렇게 말할 건 없잖아? 언제나 어마어마한 지식을 설명하던 아오이 씨가 그런 소리를 하다니?"

"인간은 행농이 숭요하다고요!"

만족할 만큼 말해서 기분이 좋아졌는지, 아오이는 구리타의 지적을 우아하게 흘려 넘겼다.

어쨌든, 하고 구리타는 생각했다.

아오이의 말을 근거로 생각해보면 이번 경우, 조리를 처음부터 도맡아 만든 도라야키는 아사바에게 실체 이상으로 매력적이게 보였을 것이다.

사람은 뭐든 스스로 경험한 것에 특별한 가치와 의미를 부여한다. 아주 오랜 옛날부터 보편적으로 작용해온 심리 법칙이다.

실제 체험으로 아사바가 품은 화과자에 대한 이미지는 바뀌었다. 그랬기에 그는 먹어보지도 않고 싫어했던 도라야키를 먹었고 진정한 맛을 깨달았다.

아오이는 아사바가 노점에서 광범위한 의미의 화과자 즉, 카스텔라를 팔면서도 무턱대고 먹어보지도 않은 화과자를 싫어한다는 것을 파악했고 따라서 이 사건을 해결할 자신도 있었다.

'지금부터 몇 시간 안에 제가 당신의 화과자 혐오를 고쳐드릴게요.'

그 가벼운 말투에서는 상상조차 못 했지만, 아오이는 그 말을 한 시점에서 재료와 입수 경로 등 모든 요소를 하나의 아이디어로 정리했다. 지금까지의 여정을 명확하게 구상한 것이다.

대단한데, 아오이 씨…… 구리타는 생각했다. 고개를 느릿느릿 저으며 도라야키를 먹었다.

"음!"

저절로 감탄이 나왔다. ……맛있는데.

아마 꿀이 들어간 분량이나 구워진 정도가 절묘했을 것이다.

얇지만 따끈하고 부드러운 빵의 식감이 입안 가득 퍼지고, 그 안에서 먹기 딱 좋은 크기의 팥소가 담뿍 나왔다.

너무 달지 않아 질리지 않았다. 양질의 팥을 충분히 살려 잘 만든 팥소였다.

폭신폭신하면서도 살짝 습기를 머금은 산뜻한 반죽과, 알알의 형태를 알 수 있는 감칠맛 나는 팥소가 절묘하게 어우러져서 더할 나위 없이 맛있었다.

달걀이 빚어낸 부드러운 향기.

팥의 풍미를 잘 살린 팥소의 적절한 단맛.

소박해서 옛날 생각이 나고, 역시 좋은 건 좋다고 있는 그대로 인정할 수 있는 일본의 맛이었다.

일본인으로 태어나길 잘했다고, 가슴 깊은 곳에서 절실하게 느낄 정도로 따뜻하고 행복한 맛.

갑자기 어느 날인가의 부모님 모습이 구리타의 가슴에 잠깐 떠올랐다. 이런 감정을 조금만 일찍 알아차렸다면…….

구리타는 자연스럽게 중얼거렸다.

"맛있어."

도라야키를 먹으며 무심코 고개를 들자 맞은편에 앉은 아사바와 눈이 마주쳤다.

그가 왠지 수줍은 표정으로 웃었다.

"인정했군, 구리타."

"……맛있는 건 맛있는 거니까."

"처음부터 솔직히 그렇게 말하면 됐을 것을."

신이 난 아사바의 말투에 구리타는 울컥 화가 났다.

"뭐야……. 아까까지만 해도 화과자는 싫다고 공언했던 주제에."

"하아, 무슨 소린지?"

아사바는 어깨를 움츠리며 나른하게 고개를 저었다.

"역시 일본인이라면 화과자야. 물론 양과자도 나쁘진 않지만."

이 자식이, 구리타는 코로 거친 숨을 내뿜었다.

"……정말 네놈은 제멋대로야."

피식 웃으며 구리타는 도라야키에 전념했다.

어쨌든 싸움의 근본 원인이 해결된 이상, 화를 낼 의미가 없었다.

맛있는 것은 관대한 기분으로 행복하게 먹고 싶고, 그것이 만든 사람에 대한 예의였다.

"아아, 일이 잘 수습되어서 다행이에요."

아오이가 짝짝 가볍게 박수를 쳤다.

구리타와 아사바가 화해해서 기쁜지 환하게 웃고 있었다.

말투는 가볍지만 남에게 도움의 손길을 내미는 것을 꺼리지 않는 상냥한 성격의 아오이. 그녀의 몸에서 행복한 감정이 배어 나왔다.

그런 그녀를 보면 구리타도 어울리지 않게 가슴이 따뜻해졌다.

괜히 초를 치는 셈인 줄 알면서도 물어보았다.

"뭐야…… 왜 그리 좋아해. 뭐가 그렇게 기뻐, 아오이 씨?"

"왜냐하면 이번에는 공부가 됐거든요. 솔직해지지 못하는 안타까움과 상대방이 걱정되기에 나오는 공격적인 태도. 남자끼리의 우정은 번거롭긴 해도 참 좋네요. 저도 남자들 우정의 진수를 배웠어요."

구리타는 입을 멍하니 벌렸다.

예상을 벗어난 대사였다.

경악하는 구리타 옆에서 아오이는 즐겁게 도라야키를 먹으며 계속 재잘거렸다.

"구리타 씨를 만나고 싶어 견딜 수 없지만 솔직해지지 못해서 베이비 카스텔라를 구실로 시비 거는 것처럼 학교로 오라고 할 수밖에 없었던 아사바 씨……. 그런 친구에게 화를 내면서도 마지막에는 뜨거운 공동 작업으로 맛있는 도라야키를 완성한 구리타 씨……. 남자들의 우정은 정말 대단해요!"

문제가 될 발언을 연발했다.

구리타와 아사바는 들리지 않는 척하며 묵묵히 도라야키를
먹었다.

제3장

———

히가시

도리노이치는 매년 11월 도리의 날*에 관운과 장사 번영을 바라며 일본 각지의 오토리(鷲, 독수리) 신사 내지 오토리(大鳥, 큰 새) 신사에서 열리는 축제이다.

도리의 날은 십이지에 따라 12일마다 돌아오므로 11월에 노 노리의 날이 두 번 있는 해가 있고 세 번 있는 해가 있다.

11월의 첫 도리의 날부터 '일의 도리' '이의 도리' '삼의 도리'라고 불리는데, 오늘은 그 세 번째 날.

가을 아사쿠사의 풍물시, 오토리(鷲) 신사에서 개최하는 도리노이치 마지막 날이었다.

---

* 일본어로 '도리'는 '닭'이다. 즉, 유일(酉日)을 말한다.

"와아, 예쁜 갈퀴가 많네요! TV에서 봤던 그대로라 멋있어요. 그런데 저게 어딜 봐서 갈퀴죠?"

"길조를 비는 물건이라 장식이 많아서 그래. 전부 벗겨내면 갈퀴 형태야."

"벗겨본 적 있어요, 구리타 씨?"

"어렸을 때."

"오오! 대담해라."

"호기심이 많았어. 지금은 그런 벌받을 짓은 안 해."

화창한 푸른 하늘이 기분 좋게 따뜻한 날씨.

구리타와 아오이는 관광객과 참배객으로 북적이는 아사쿠사 오토리 신사에 있었다.

축제를 좋아하는 아오이에게 도리노이치를 안내해주겠다고 미리 약속해두었기에 오늘 구리타는 일찌감치 장사 준비를 마치고 가게를 빠져나와 오토리 신사에 왔다.

오늘 아오이는 숄이 달린 베이지색 케이프 코트를 입었다.

구리타의 촌스러운 군복 재킷과는 정반대로 여성스러운 옷차림인 아오이는 들떠서 발걸음도 가벼웠다.

평일 오전인데도 주변은 상상 이상으로 붐볐다.

오토리 신사 경내 자체가 그리 넓지 않고 워낙 혼잡해서 행렬의 진행 속도가 느렸다. 그래서 아오이와 함께 주변을 두리 번거리며 기다리는 중이었다.

새빨간 도리이와 머리 위에 매달린 수많은 제등, 갈퀴 장사꾼의 호객 소리.

가을이 깊어져 쌀쌀해졌지만 그 이상으로 가슴을 들뜨게 하는 뜨거운 활기가 가득했다.

사람들은 겨울 겉옷의 앞섶을 풀고 사방에 진열된 장식을 구경하거나 기념사진을 찍고 길흉을 점치는 제비를 뽑았다.

이제부터 맞이할 새해의 행운을 빌고자 노점에서 길조 갈퀴를 사는 사람도 있었다.

커다란 새, 즉 독수리가 먹잇감을 콱 움켜쥐는 것처럼 갈퀴로 '복을 긁어모은다' '부를 긁어모은다'는 말장난에서 유래한 부적이다.

매년 좀 더 커다란 것을 새로 사서 실적이 비약적으로 발전하기를 빈다, 라는 지식을 구리타가 선보이자 아오이는 천진난만하게 웃으며 좋아했다.

"아하하, 재미있어요."

아오이가 감탄하면서 올려다본 곳에는 금화와 오타후쿠*와

---

* 가느다란 눈, 통통한 뺨, 작은 입을 가진 여자 가면으로 오카메라고도 불린다. 복을 가져오는 상징물이어서 주로 음식점 등에 장식한다.

도미로 장식한, 여차하면 악취미라고 불릴 정도로 휘황찬란하게 번쩍이는 거대 갈퀴가 있었다.

"어……. 설마 갖고 싶어, 아오이 씨?"

"저걸 방에 걸어두면 운이 좋을 것 같아요."

"그, 그만둬! 누가 들어왔다가 놀랄 거야. 무엇보다 갈퀴는 여자 방에 장식할 물건이 아니고."

"그래도 박수갈채를 받을 수 있는 것 같아요."

"박수? 아아……."

갈퀴를 사면 장사꾼이 짝짝짝 박수를 치면서 축하해주는데, 그게 매력적으로 보인 모양이었다.

구리타는 갈퀴를 산 적이 없으나, 박수갈채를 받으면 기분이 좋다는 경험자의 이야기를 들은 적이 있었다.

……이 여자, 확실히 그런 걸 좋아할 것 같군.

구리타는 눈썹 근처를 긁적이며 제안했다.

"어……. 그럼 좀 더 작은 건 어때? 그러면 방에 있어도 이상하지 않고 해마다 더 커다란 갈퀴로 바꾸는 즐거움도 있고."

"아, 그래요! 그거 좋겠어요. 매년 사러 와야지!"

아오이가 뺨에 손을 대고 기뻐하며 고개를 끄덕였다.

오토리 신사 본전에서 참배를 마치고 바로 인접한 도리의 절 조고쿠지*에서도 합장한 뒤, 둘은 관광객으로 붐비는 노점

앞에서 갈퀴를 골랐다.

여자 방에 있어도 위화감이 없고 단순한 장난감 같은 조그만 갈퀴를 샀다.

그런데 박수갈채는 없었다.

"……어라?"

아오이가 당황해서 눈을 동그랗게 떴다. 구리타는 미간을 찌푸리며 "이런" 하고 중얼거렸다.

아무래도 너무 작은 갈퀴를 샀나 보다.

"너무 싼 건 안 되나……."

"어, 어쩌죠."

바쁜 탓도 있을 것이다. 구리타와 아오이는 노점 앞에서 옆쪽으로 밀려나 방금 산 갈퀴를 바라보았다.

"미안해, 아오이 씨……. 받고 싶었지, 박수갈채."

"아, 아니요. 그렇게까지 꼭 받고 싶었던 건 아니니까요."

아오이는 괜찮다며 얼른 고개를 저었다.

"그래도 구리타 씨가 예상보다 더 진지하게 사과해주셔서 좀 안타까운 표정을 지을 걸 그랬나 싶기도 하고."

---

* 에도시대 초기인 1630년에 개산한 절로, 도리노이치의 발상지로 유명해서 도리의 절이라고 불린다. 조고쿠지 본당의 지붕 박공에는 암수 독수리 조각이 있다.

"무슨 소리야."

"그래도…… 역시 박수갈채는 좀 받아보고 싶었어요. 논리를 넘어선 쾌감을 느낄 수 있을 것 같았거든요. 내년에는 좀 더 큰 걸로 사야겠어요."

"그래."

"아, 그다지 아쉽지 않으니까……. 신경 쓰지 마세요!"

눈썹을 늘어뜨리며 미소 짓는 아오이를 바라보며 구리타는 가볍게 혀를 한 번 찼다.

"쳇, 어쩔 수 없지……. 잠깐 좀 와봐, 아오이 씨."

"왜요?"

구리타는 검지를 살짝 까딱여 아오이에게 따라오라고 신호하고, 미노와 방면으로 경내를 빠져나와 바쁘게 걸었다.

볶음 국수와 은어 소금구이를 파는 노점들로 붐비는 대로를 지나 뒷골목으로 들어갔다.

오른쪽으로, 또 왼쪽으로 접어들어 인기척이 없는 골목으로.

곧 정취 있는 오래된 주택가가 나왔다. 더 안쪽으로 들어가면 요시와라 신사가 나온다.

"여기라면 괜찮겠지."

"저기, 뭘 하시려고 그래요, 구리타 씨?"

의아해하는 아오이를 벽에 세우고, 구리타는 재빨리 주변을 살펴 통행인이 있는지 없는지 확인했다.

……괜찮다, 아무도 없어.

깊이 숨을 들이마시고 하복부에 힘을 주었다.

"간다, 아오이 씨."

정면으로 아오이를 바라본 순간, 그녀가 움찔하며 눈을 크게 떴다.

"……어?"

아마 상상조차 못 했을 것이다. 구리타가 그 행위를 하자, 아오이는 "꺅" 하고 작게 비명을 질렀다. 하얀 뺨이 순식간에 발갛게 물들었다.

아오이는 애틋하게 눈썹을 모으고 떨었다.

"아아……!"

황홀경에 빠진 아오이 앞에서 구리타는 고속으로 박수를 쳤다.

가슴까지 손을 들고, 누가 봐도 쑥스러움을 꾹 참는 표정으로 치는 무뚝뚝한 박수.

좀 부끄럽지만 하길 잘했다고 생각했다.

"기, 기분 좋아……!"

아오이는 박수갈채를 받으며 가냘픈 고개를 꺾고 행복해했다.

"만족했어, 아오이 씨?"

"아, 아직. 조금만 더요."

구리타가 더 열렬하게 박수를 치자, 아오이는 더는 못 참겠다는 듯이 얼굴을 찡그렸다.

"이런 건 처음이에요……. 정말 최고예요."

"다행이네."

"이렇게 은혜로울 수가. 아아, 사길 잘했어, 길조 갈퀴!"

이렇게 포근한 대화를 나누고 있을 때였다.

문득 등 뒤에 시선을 느껴 돌아본 구리타는 익숙한 인물과 시선이 마주쳤다.

"게엑."

저절로 신음이 나왔다. 이렇게 민망한 일이 벌어질 줄이야.

"고, 고하루……!"

"뭐 하는 거야, 너희."

어이없는 표정으로 중얼거린 사람은 새까만 머리를 어깨까지 기른 일본풍 미인 스즈노 고하루였다.

그녀는 손을 꼭 맞잡은 코트 차림의 어린아이에게 얼굴을 대고 "재미있는 사람들이네" 하고 장난스럽게 속삭였다.

*

붙임성이라곤 없는 구리타지만 본성은 의외로 성실해서, 어려서 신세를 진 인물에게는 지금도 고개를 들지 못했다.

스즈노 고하루―결혼 전의 성은 기라―는 예전에 자주 구리타의 공부를 도와주었다.

한마디로 동네 누나다.

여섯 살 연상으로, 당시 중학생이던 고하루는 초등학교 저학년인 구리타를 여러 의미로 귀여워했다.

고하루는 워낙 남을 잘 돌보는 성격에 성적도 좋아서, 구리마루당에 과자를 사러 심부름을 올 때면 가끔 구리타의 숙제를 도와주곤 했다.

놀러 나가려는 구리타 앞을 넉살 좋은 무적의 고하루가 막아섰다.

"후후, 여긴 못 지나간다."

"게엑. 또 왔어, 고하루!"

"고하루 누나라고 불러야지. 자, 오늘은 국어랑 산수를 봐줄게. 숙제를 다 할 때까지 못 나가게 하라고 너희 아버지께서 말씀하셨어. 귀여운 아이에게는 숙제를 시키라는 속담도 있잖니?"

"들어본 적 없어!"

그래도 그 덕분에 구리타는 복도로 내쫓기는 벌을 몇 번이나 피해 갔다.

고하루에게 스파르타 교육을 받아 구리타의 기초학력이 조금은 향상한 것도 사실이었다.

중학생 시절, 제법 화려하게 불량해졌는데도 유급하지 않고 진급할 수 있었던 것은 다 그 덕분인지도 모른다…….

이렇게 생각하면 고하루는 어쨌든 은인이라서 그녀로부터 강하게 부탁을 받으면 거절하기가 어렵다.

"괜찮잖아, 구리보. 모처럼 이 근처에서 만났으니까 우리 집에 들렀다가 가. 나도 가끔은 실컷 수다를 떨고 싶다고."

"……뭐, 괜찮은데."

"오오, 역시 구리보는 다정해. 과연. 길에서 여자애에게 박수를 쳐줄 만한 남자야."

"시끄러워! 어쩌다 보니 그렇게 된 거라고. 그리고 구리보라고 부르지 마."

"왜?"

"나는 이제 꼬마가 아니니까. 또 그렇게 부르면 집에 갈 거다."

유소년 시기에 아련하게 동경했던 대상, 지금은 기혼자인 그녀에게 예전 애칭으로 불리는 것은 아오이 앞이 아니더라도 충분히 불편했다.

길거리 박수갈채 이후, 구리타와 아오이는 고하루에게 이끌려 그녀의 집으로 향했다.

점심 휴식이 좀 길어질 것 같지만, 오늘 팥 과자는 아침 중에 다 만들었으니 추가분은 나카노조 혼자서도 어떻게든 만들 수 있을 것이다.

고하루의 손을 꼭 붙잡고 노점에서 산 솜사탕을 먹는 아들 사토시, 이제 두 살이 됐다는 아이의 걸음에 맞춰 구리타와 아오이는 느릿느릿 골목을 걸었다.

"와아, 정말 아이가 귀여워요. 두 살인데 생각보다 잘 걷네요."

아오이가 감탄하며 말하자, 고하루는 힐끔 그녀를 보고 대답했다.

"한 살만 돼도 제법 잘 걸어. 지치면 금방 칭얼거리지만."

"유모차는 안 쓰시고요?"

"걸을 수 있으면 최대한 걷게 해야 아이한테 좋다고 해. 느려도 좋으니까 자기 다리로 걷게 하는 게 우리 집 교육 방침이니까."

"훌륭한 생각이세요!"

고하루가 사는 스즈노 집은 요시와라 신사 뒷골목에 있는 단독주택으로, 여기서부터 걸어서 15분 정도 걸린다.

격자창의 형태나 빨간 우편함이 풍기는 풍취가 독특하고, 언제나 주변을 깔끔하게 청소해서 분위기가 산뜻한 가옥이었다고 기억한다.

고하루가 결혼한 직후에 축하하러 딱 한 번 갔었으니 이번으로 두 번째 방문이었다.

구리타는 좁은 골목 여기저기를 대충 둘러보며 걸었다.

곧 스즈노 집이 보였다.

그때, 갑자기 묘한 광경이 보여서 구리타는 긴장했다.

……뭐야 저거……?

스즈노 집 바로 근처의 벽돌담에 바싹 달라붙어 기댄 남자가 있었다.

까만 니트 모자를 깊게 눌러쓰고 지저분한 까만 점퍼를 입었다.

작은 체구지만 생각보다 체형이 단단하고 건강해 보였다. 뒷모습으로 어림짐작해 나이는 오십대 전후일까.

그는 이따금 신중하게 고개를 쭉 빼 1층 창문 너머로 스즈노 집 안을 살폈다.

이상하다. 아무리 봐도 수상했다.

……빈집털이인가?

요즘 세상에 그럴 리 있나 싶다가도 요즘이니까 있을 수도 있겠다 싶었다. 나쁜 짓도 온고지신이어서 잊을 무렵이면 또 유행한다.

그렇게 판단을 내리자마자 구리타는 소리를 지르며 달렸다.

"너 이 자식! 뭐 하는 거야!"

달려오는 구리타를 깨달은 괴한은 화들짝 놀라 모자를 고쳐 쓰고 몸을 돌렸다.

구리타는 불현듯 위화감을 느꼈다. 어디서 본 것 같은데……?

그러나 얼굴 일부를 잠깐 봤을 뿐이어서 정확하지는 않았다. 일단 붙잡자.

도망치는 남자를 구리타는 온 힘을 다해 뒤쫓았다.

"왜 그래, 무슨 일이야!"

뒤에서 고하루가 비명을 질러서 구리타도 외쳤다.

"집을 엿보는 놈이 있었어! 빈집털이 같아. 붙잡을게!"

그러나 괴한은 예상보다 발이 빨랐다.

운동신경이 뛰어난 구리타가 따라잡지 못할 정도이니 장난이 아니었다. 초보 빈집털이 같지 않았다. 오십대가 아니라 더 젊을 가능성도 있었다.

"안 돼요!"

뒤에서 아오이가 절박하게 외쳤다.

"그만두세요, 구리타 씨. 제발요! 칼이라도 들었으면 어쩌려고 그래요!"

비명을 지르며 아오이는 놀랍게도 구리타를 쫓아왔다.

칼쯤이야…… 하고 구리타는 생각했다.

예전에는 칼을 든 상대와도 싸운 적이 많았다. 그때는 무서운 것이 없었으니 상대가 칼을 꺼낸 순간, 먼저 달려들어 날려버렸다.

"부탁이에요! 정말 위험하다고요!"

그러나 지금은 바로 옆에서 자신을 걱정하고 멈춰주는 사람이 있다…….

그걸 의식하자 다리가 느려져 추격하는 속도가 떨어졌다.

상대와의 거리가 점차 벌어졌다.

결국 구리타가 골목을 돌았을 때, 괴한의 모습은 이미 보이지 않았다.

*

스즈노 집 실내에는 다행히 아무 이상도 없었다. 놀다가 내버려둔 장난감이 카펫 위에 널브러져서 평화로운 일상 분위기를 자아냈다.

거실 탁자에 앉아 고하루가 타준 홍차를 한 모금 마시자 흥분도 진정됐다.

구리타와 아오이는 장난감을 가지고 노는 사토시의 천진난만한 모습을 아무 말 없이 바라보았다.

고하루의 시어머니는 9월 등롱회*에 다녀오다가 넘어지는 바람에 왼쪽 다리가 부러져 입원 중이라고 했다. 지금 이 집에는 남편과 아이를 포함해 셋만 산다. 낮에는 고하루와 사토시 둘뿐이었다.

고하루는 구리다 맞은편에 앉아 홍차를 마시고 소리 없이 한숨을 쉬었다.

"요즘 누가 우리 집을 자꾸 들여다봐."

구리타는 미간을 찌푸렸다.

"……아까 그 자식?"

"뒷모습만 보였지만, 아마 그럴 거야."

고하루는 찻잔을 받침 접시에 내려놓았다.

"처음 나타난 건 누 달쯤 전이야. 이웃 사람이 伙만 니트 모자를 쓴 수상한 남자가 우리 집을 엿본다고 하는 거야. 그때는 반신반의했는데……."

거짓말이나 농담이 아니라, 그로부터 몇 번쯤 고하루도 실제로 목격했다.

벽돌담 그늘에 숨어 집 안을 엿보는 수상한 남자가 있었다.

* 아사쿠사 센소지 경내에 등롱을 전시하는 가을 행사.

이쪽이 눈치를 채면 냉큼 도망쳤다.

늘 니트 모자와 점퍼 차림의, 어떻게든 정체를 숨기려는 복장.

누가 봐도 수상한 인물이었지만, 얼굴을 정면으로 보지 못해서 누군지 알아볼 수 없었고 짐작도 가지 않아 더욱 불쾌했다.

아이도 아직 어리니까 불안하다며 고하루가 나직하게 말했다.

"젠장······. 아사쿠사도 뒤숭숭해졌네."

구리타는 몹시 화가 났다. 여자와 아이를 노리는 놈은 남자가 봐도 불쾌했다.

"그런데 고하루, 다른 집도 들여다본다는 소리는 못 들었고?"

"그게 우리 집만 그런 것 같아. 어쩌면 다른 집도 들여다볼 수도 있겠지만, 피해가 있다는 소문은 못 들었어."

"그렇다는 건······."

이 집만 노린다면 동기를 축소할 수 있다. 주변에 훨씬 부유한 집이 있으니까 금전을 목적으로 한 빈집털이는 아니리라.

"······요즘 남편은 어때?"

"응? 갑자기 왜?"

놀라서 눈을 깜박이는 고하루에게 구리타는 눈썹을 모으며 말했다.

"아니, 아까 짐작 가는 게 없다고 했잖아······. 고하루가 아니라도 남편한테는 있을지도 모르니까. 뭔가 이상한 점 없어?"

"아, 그런 뜻이구나."

고하루는 눈동자를 굴리며 생각에 잠겼다.

구리타는 고하루의 남편을 잘 몰랐다. 결혼식에 참석하지도 않았고 애초에 접점이 없었다. 자동차 딜러 일을 한다는데, 몇 번 가볍게 인사를 나눴을 뿐이고 진지하게 대화한 적은 없었다.

구리마루당에 손님으로 오지도 않으니까 막연히 인연이 닿지 않을 사람이라고 생각했다.

"으음, 전혀 모르겠어."

고하루가 멍한 표정으로 고개를 저었다.

"나오토…… 남편은 평소랑 똑같아. 그 사람은 어떤 상황에서든 마이페이스라서."

"그래?"

"이번 일도 그래. 기분 탓이라느니, 관광객이 집을 들여다보는 거라느니, 전혀 위기감이 없다니까."

"……뭔데, 그건."

구리타는 순간 화가 났다. 역시 아까 무리해서라도 붙잡았어야 했다.

"그래도 나오토의 그런 호탕한 성격을 좋아하는 거니까."

"응?"

무심코 눈을 깜박였다. 뜬금없는 상황에서 남편 자랑을 들어 구리타는 맥이 빠졌다.

"아아, 도량이 넓은 사람이 좋죠."

아오이가 옆에서 동의하자 고하루는 기뻐하며 고개를 끄덕였다.

"좋지. 속 좁고 교활한 남자보다 조금 얼이 빠져도 쾌활한 남자가 훨씬 나아. 그것도 평생 같이 살아야 한다면."

"참고하겠어요!"

여자의 마음은 모르겠다고 생각하며 구리타는 무뚝뚝한 표정으로 헛기침을 했다.

"아, 그건 뭐 상관 안 하겠는데……. 경찰에는 신고했어, 고하루?"

"응, 신고했다고 할까, 안 했다고 할까."

"그건 또 뭐야."

"경찰인 친구한테 상담해봤는데 명확한 피해나 증거가 없으면 움직이기 어려운가 봐. 일단 주변을 유의해서 순찰하겠다고는 해줬어."

"……경찰의 의미가 없잖아? 신뢰가 안 가네."

구리타는 혀를 찼다.

"아무튼 됐어. 그러면 신경 써서 해달라고 부탁해. 순찰이 효과적인 견제 방법이 될 수도 있으니까."

"그럴게. 한번 더 부탁해볼래. 고마워, 구리보."

"그만해. 구리보라고 부르지 말라고 했지."

고하루는 입을 막고 웃으며 고개를 끄덕였다.

구리타와 아오이는 고하루의 집에 30분쯤 머물고 나서 일어났다.

애초에 오래 있을 예정도 아니었고 가게도 걱정이었다. 괴한은 마음에 걸리지만 버티고 있다고 해결될 일이 아니었다.

"그럼 다음에 또 올게."

구리타는 현관까지 배웅하러 나온 고하루를 돌아보며 말했다.

"엿보는 놈이 또 오면 연락해. 나도 나름 연줄이 있으니까."

"그거 그 불량배들……? 싫어라, 너 설마 아직도 그 녀석들이랑 어울려?"

"어울리긴 누가. 안 만나지만 마음만 먹으면 움직일 수 있다는 소리야."

고하루는 어깨를 움츠리며 졌다는 듯이 웃었다.

"……하여간. 됐으니까 가게나 열심히 해."

"말하지 않아도 잘하고 있어."

"다음에 또 사러 갈게, 마메다이후쿠."

구리타는 "흥" 하고 귀찮다는 듯이 한 손을 흔들었다.

"그때는 하나 서비스해주지."

고하루는 부드럽게 웃으며 이번에는 아오이를 바라보았다.

"아오이 씨도 또 놀러 와."

"네. 오늘은 감사했어요."

스즈노 집을 나오자 하늘은 아직 연한 물색으로 밝았다. 근처 벽돌담에서 아이들 몇 명이 캔 주스를 손에 들고 놀고 있었다.

구리타와 아오이는 역 방향으로 잠시간 말없이 걸었다.

좁은 길을 걷다 보니 구리타의 머릿속에 자연스럽게 조금 전의 사건이 떠올랐다.

괴한도 그렇지만 그 이상으로 아오이의 태도가 인상적이었다.

폭력 행위에 나서려고 하면 늘 태도가 돌변해 저지하려는 아오이. 지금까지는 단순히 다정다감한 성격 때문이라고 생각했다.

그러나 과연 그 이유뿐일까. 구리타는 망설이다가 나란히 걷는 아오이에게 말을 걸었다.

"저기, 아오이 씨."

"네, 왜요?"

"아오이 씨…… 혹시 위험한 일을 당한 적 있어?"

아오이는 아몬드 형태의 눈을 동그랗게 뜨고 구리타를 바라보았다.

"무슨 말씀이세요? 갑자기 왜요?"

"……아니, 별로 깊은 의미는 없는데."

이상한 질문을 했다고 스스로 자책하며 구리타는 안절부절 못했다. 그 모습을 본 아오이가 생글생글 웃었다.

"아무 일도 없었어요. 자기소개했을 때 말씀드린 것 같은데, 저는 기본적으로 온화한 성격에 평화주의자니까요. 단……."

"단?"

"어쩌면……."

갑자기 아오이가 우뚝 멈췄다.

얼굴만 구리타를 향한 그녀는 그 자세 그대로 천천히 몸을 뒤쪽으로 틀었다.

"왜, 왜 그래, 아오이 씨?"

구리타는 당황해서 아오이에게 다가갔다. 아오이는 턱을 매만지며 스즈노 집 방향을 바라보았다.

이 각도로 보아 아까 괴한이 서 있던 근처를 바라보는 것 같았다.

갑자기 아오이가 지금 온 길을 역주행하기 시작했다.

"아오이 씨?"

놀라서 구리타도 따라갔다. 그녀의 행동은 언제나 너무 돌발적이다.

아오이는 벽돌담 아래에서 노는 네 명의 어린아이에게 달려가 큰 소리로 말을 걸었다.

"저기, 얘들아!"

"……와악!"

왜 저러지? 아이들은 굉장히 불안해 보였다.

갑자기 낯선 사람이 말을 걸어서, 라는 느낌도 아니었다.

아오이와 구리타가 가까이 다가가자 아이들은 등을 둥글게 구부리고 힐끔힐끔 둘을 올려다보며 안색을 살폈다. 뭔가 켕기기라도 하는 것처럼.

"너희 여기서 뭐 하고 있었니?"

아오이가 무릎에 손을 짚고 다정하게 물었다.

초등학교 2~3학년쯤 됐을까. 아이들은 아오이의 질문에 대답하지 않고 입을 꾹 다문 채 땅바닥을 바라보고 있었다. 그렇다고 거기에 뭐가 있지는 않았다.

있는 것이라곤 포장된 회색 지면과 벽돌담.

그 밖에는 이 계절 특유의 다갈색으로 물든 낙엽 몇 장과 구불구불 물 흐르듯 흘린 주스 얼룩. 그 주변을 개미 몇 마리가 바쁘게 기어 다니고 있었다.

아오이는 쪼그리고 앉아 땅바닥에 손가락을 대더니, 코 앞에 손을 대고 원을 그렸다.

"응? 뭐 하고 있었니?"

아오이가 다시 한 번 묻자, 대장처럼 보이는 소년이 어물어물 대답했다.

"······아무것도요."

"흐음. 그럼 됐어."

아오이는 선뜻 물러서더니 한마디를 덧붙였다.

"음료수를 함부로 낭비하면 안 된다."

그러자 아이들은 튕기듯이 "와악" 하고 멀리 도망쳤다.

구리타는 멀어지는 아이들의 뒷모습을 낭패한 기색으로 바라보았다. 이 일련의 행동이 무슨 의미인지 이해되지 않았다.

"대체 왜 이러는 거야, 아오이 씨?"

"······저도 잘 모르겠어요. 아, 화내지 마세요, 구리타 씨. 그냥 뭐라고 해야 할지, 아직 확실하게 말씀드릴 수가 없는데······."

아오이는 말문이 막혔는지 머뭇거리다가, 곧 "갈까요" 하고 구리타와 함께 다시 스즈노의 집으로 향했다.

초인종을 누르자 현관에 나온 고하루가 놀란 표정을 지었다.

"아오이 씨? 무슨 일이야, 뭐 두고 갔어?"

"두고 간 건 아니고 깜박하고 말씀드리지 못한 게 있어서요."

"뭔데? 구리보 일이야?"

"아니요……."

아오이는 고하루에게 알쏭달쏭한 소리를 했다.

"아까 괴한 일이에요. 다음에 또 나타나면 꼭 땅바닥을 차분히 살펴보세요."

*

사태는 구리타가 그날 일을 잊을 무렵에 전개됐다.

고하루에게 전화가 온 것은 그날부터 일주일 후인 오후였다.

고하루가 말하기를, 낮에 청소기를 돌리다가 문득 창밖을 보니 누가 안을 들여다보고 있었다. 니트 모자 끄트머리가 벽돌담 그늘에 숨는 것을 보았다.

고하루가 급히 밖으로 나갔을 때는 이미 아무도 없었는데 대신 이상한 것을 발견했다. 자세한 이야기는 전화로 설명하기 어렵다고 했다.

구리타는 얼른 카페 마스터에게 전화를 걸었다.

대체 어느 시대 사람인지, 아오이는 일반 전화도 스마트폰도 없었다. 그래서 늘 마스터가 전언판 역할을 해주고 있었다.

다행히 그날은 마침 아오이가 카페에 있었다. 커피를 마시고 구리마루당에 놀러 올 예정이었다고 했다.

구리타는 가게를 나와 아오이와 합류했다.

오늘 그녀는 커다란 공단 숄더백을 어깨에 걸치고 있었다.

"가방 새로 샀어?"

"괜찮죠, 이거. 성인 여자 같아 보이지 않아요?"

구리타가 뭐라고 대답해야 할지 몰라 난감해하자, 아오이가 불안한 기색을 보이며 입술을 손가락으로 매만졌다.

"……너무 화려한가요? 너무 번쩍거리나?"

"그다지. 나쁘지 않아."

"다행이다."

아오이는 구김살 없이 웃었다.

부명감 넘치는 미소를 근거리에서 바라본 구리타의 *가슴*은 남몰래 두근거렸다.

그러나 지금은 다른 생각을 할 때가 아니었다. 둘은 서둘러 고하루가 기다리는 스즈노 집으로 향했다.

"둘 다, 일부러 미안해……."

"괜찮아. 별로 멀지도 않은데."

"저도 마음에 걸렸는데 마침 잘됐어요."

구리타와 아오이, 그리고 고하루는 거실 탁자를 둘러싸고 앉았다. 이 구성원치고는 긴장된 분위기였다. 사토시는 조금 떨어진 곳에서 바닥에 앉아 장난감을 갖고 놀고 있었다.

탁자 위에는 조그만 종이가 접혀 있었다. 구리타와 아오이의 시선이 자연히 그것에 향했다.

"고하루. 이게 전화에서 말한 그거?"

"응, 흘리지 않게 조심해."

"흘린다고……?"

고하루가 접은 종이를 구리타 쪽으로 밀어주었다.

조심조심 종이를 펼치자, 그 안에는 소량의 하얀 가루와 지름 몇 밀리미터 정도의 마찬가지로 하얀 파편이 여럿 있었다.

"……이게 뭐야?"

구리타는 가루를 손가락에 찍어 냄새를 맡았다. 냄새는 나지 않았다.

파편이 꽤 많았는데, 모두 건조해서 감촉이 퍼석퍼석했다. 중심은 딱딱한데 표면이 물러서 손가락으로 문지르자 벗겨지면서 부스러졌다.

"지난번에 아오이 씨가 말했지. 다음에 훔쳐보는 변태가 또 오면 바닥을 살펴보라고. 그때는 무슨 소린지 몰랐는데, 범인과 연관될 만한 것이 있으면 경찰한테 보여줄 수 있잖아. 그래서 괴한이 있던 주변을 살폈더니 이 가루가 떨어져 있었어."

"이런 걸 잘도 발견했네."

구리타는 종이 위에서 하얀 가루를 뒤섞으며 감탄했다.

"아오이 씨가 말하지 않았으면 절대 몰랐을 거야. 개미가 잔뜩 모여 있어서 간신히 알아차렸지."

"……핥아보셨어요?"

아오이가 갑자기 그런 소리를 해서 고하루는 입을 반쯤 멍하니 벌렸다.

"아니…… 땅에 떨어져 있었는데? 위험하잖아. 혹시 독이면 어떡해. 왠지 붕산 같아 보이기도 하고."

"어? 듣고 보니 그러네요."

"……아오이 씨, 겉보기랑 달리 은근히 나사 빠진 성격인가 봐?"

"아니요, 그렇지 않아요. 저, 생각보다 야무진 사람이랍니다."

"자기 입으로 말하지 말라고."

구리타가 옆에서 중얼거렸다.

"저로서는 언제나 어떤 일에든 진지해요. 왠지 이해받지 못할 때가 많지만요."

어떤 반응을 보여야 할지 난감한 표정을 짓는 고하루의 맞은편에 앉아, 구리타는 머리를 굴렸다.

"그렇군……. 그야 난해하긴 해도 이해 못 할 것까지야. 나도 조금씩은 알 것 같고."

"역시 구리타 씨! 그럼 이 가루가 뭔지 보여드릴게요."

"……뭐라고?"

갑자기 아오이가 들고 온 공단 가방을 무릎에 올려 열더니 안을 들여다보았다.

뭔가 이것저것 들었나 보다. 안을 뒤져 네모나고 얇은 종이 상자를 꺼내더니 뚜껑을 열었다.

아오이는 가느다란 손가락으로 상자 안에서 뭔가를 꺼내더니 탁자 중앙에 놓았다.

"하얀 가루의 정체는 바로 이겁니다."

순간, 고하루의 안색이 확 바뀌었다.

"……와산본!"

비명에 가까운 소리를 지른 고하루는 신물이라도 올라오는 지 목을 붙들었다.

왜 저러지?

구리타는 어리둥절했다. 지금 이 전개에 이해력이 따라가지 못했다.

아오이가 탁자에 꺼낸 것은 화과자 장인이라면 친숙한 것,

지름 5센티미터 정도 크기의 꽃을 본뜬 하얀 히가시였다.

"하얀 가루는 의도치 않게 흘린 흔적이었어요. 괴한은 이런 히가시의 일종을 먹었던 거예요."

히가시란 수분 함유량이 10퍼센트 미만이어서 오래 보존할 수 있는 마른 화과자를 말한다.

아사쿠사 명물로 유명한 가미나리오꼬시를 비롯해 오카키나 센베이나 아라레처럼 쌀로 만드는 과자, 별사탕이나 볼로 등 종류가 다양하다.

아오이가 지금 꺼낸 것은 우치모노라고 하는 히가시로, 설탕과 각종 가루를 섞은 것을 나무틀에 넣고 형태를 만들어 건조한 과자였다.

재료의 맛이 순박하게 드러나는 과자로, 질 좋은 우치모노는 혀끝에서 숨결처럼 녹아 불순물 없이 순수하고 아름나운 맛을 입안 가득 남긴다.

고하루는 불쾌감을 견디는 것처럼 목을 꾹 누르고 있었다.

아무리 봐도 이상했다.

곧 고하루는 고개를 저으며 억눌린 목소리로 물었다.

"……대체 어떻게 된 거야? 이거 그거잖아, 아오이 씨? 어떻게……."

"아, 죄송해요! 너무 많이 생략했나 봐요. 순서대로 설명할

게요."

아오이가 빠르게 설명했다.

그날, 스즈노 집에서 돌아오는 도중에 갑자기 깨달았다.

"아이들 몇 명이 땅바닥에 주스를 부으며 놀고 있었어요. 처음에는 그냥 이상하다고 생각했는데, 가다가 자꾸만 신경이 쓰여서요. 구리타 씨 말에 따르면 괴한은 벽돌담 그늘에 숨어 있었다고 했고…… 아이들이 이상한 놀이를 하던 곳도 그 근처였거든요."

그런 생각을 하면서 걸었었나. 구리타는 왠지 신선하다고 생각했다.

"가까이 가서 보니까 아이들 발밑에 개미가 빠른 속도로 기어 다녔어요. 개미는 땅속에서 사니까 시각이 발달하지 않은 대신에 페로몬으로 길을 찾아요. 따라서 페로몬이 끊기면 혼란에 빠진다…… 라는 이야기, 아세요?"

"들어본 적 있어."

구리타가 고개를 끄덕였다.

"구불구불 흘린 주스 흔적은 그걸 의미해요."

아오이가 확신에 차 말했다.

"아이들은 개미가 먹이를 향해 가는 경로를 방해하며 놀고 있었어요……. 개미는 도망치는 속도가 굉장히 빨라요. 그러

196

니까 그곳에는 원래 개미가 더 많았던 거죠."

"그렇군."

역발상에 구리타는 감탄했다. 아무것도 없는 상태에서 있는 상태를 추측하면 추리 가능한 범위가 더욱 늘어난다.

개미가 모였다면 하얀 가루는 독이 아니라 당분을 함유했을 가능성이 크다는 것은 구리타도 조금 전에 알아차렸다.

실제로 장난꾸러기 아이들의 흥미를 끌 정도로 개미가 잔뜩 모였다.

고하루의 집에 머문 시간은 약 30분. 그 짧은 시간 동안 개미가 잔뜩 모였다면 당분 함유량이 상당했을 것이다.

그리고 장소로 보아 그것은 괴한이 남긴 흔적일지도 모른다.

그때만 특별히 흔적을 남겼을까, 아니면 늘 남길까?

그런 의문을 안고, 아오이는 고하루에게 말했다.

'다음에 또 나타나면 꼭 땅바닥을 차분히 살펴보세요.'

불확정 요소가 많은 탓에 그때는 수수께끼처럼 말할 수밖에 없었으나, 지금 고하루의 반응을 통해 아오이는 어떤 확신을 얻은 것 같았다. 눈빛이 강렬하게 빛나고 표정에 활기가 넘쳤다.

"그런데 이해가 안 가는데, 아오이 씨……. 어떻게 가방에 이 사태에 해당하는 히가시가 딱 적절하게 들었지? 너무 절묘하잖아. 가능성 있는 과자는 더 많이 있을 텐데."

"헤헤."

아오이가 장난기 가득한 웃음을 짓더니 광택이 나는 고급 가방을 열어 구리타에게 보여주었다.

"……우앗!"

구리타는 순간 뿜을 뻔했다.

"이, 이게 다 뭐야……."

"사실 가능성이 있는 과자를 전부 다 가져왔어요."

아오이의 가방 안에는 화과자 상자와 꾸러미, 그 밖에도 싸구려 막과자가 대량으로 들어 있었다.

평소 빈손으로 다니는 구리타는 여자의 가방을 볼 때마다 뭐가 들었을지 궁금했는데, 아오이의 가방은 과자 천국이었다.

꿈만 같은 게 아니라 꿈에서나 볼 법한 충격적인 광경이었다.

"어머……."

꽤 유명한 브랜드의 가방인지, 고하루도 반쯤 질렸다는 표정으로 말했다.

"이 가방에 과자만 이렇게 잔뜩 넣은 사람, 처음 봤어."

아오이는 낭패한 기색으로 변명했다.

"아, 아니에요! 맨날 들고 다니지는 않는다고요. 그럼 제가 꼭 걸신들린 식신 같잖아요. 이건 조만간 필요해질 것 같으니까 마스터의 카페에 가져다 둘 예정이었어요. 그날, 땅에 설탕 비숫한 게 소량 떨어져 있었으니까 쓸모가 있겠다고 예측해서."

"아…… 과연."

가방 안을 들여다본 구리타는 깨달았다. 안을 가득 채운 것은 전부 설탕을 주재료로 한 화과자였다.

즉 고하루가 오늘 찾아낸 커다란 파편을 보고 그 냄새와 감촉을 확인해 이오이는 미리 준비한 후보군에서 해당하는 히가시를 고른 것이다.

"괴한은 어떤 이유로 매일 이 히가시를 들고 다닌다고 생각해요. 파편 수가 많은 것으로 보아 아마 손으로 잘라서 먹었겠죠. 그렇다면 이가 튼튼하지 않을 가능성이 크고…… 더해서 구리타 씨가 목격한 '작은 체구지만 체형이 단단한 오십대 남자'라는 정보를 종합하면 정답이 보일 거예요."

고하루는 새파랗게 질려서 입술을 꼭 깨물고 시선을 내리깔았다.

아오이가 다정한 목소리로 재촉했다.

"짐작 가는 사람이 있죠, 고하루 씨?"

고하루는 고개를 끄덕이고 거북해하며 대답했다.

"그 사람은 틀림없이…… 우리 아버지야."

구리타와 아오이의 눈이 휘둥그레졌다.

　고하루의 부친, 기라 후미노리는 구리타도 어려서부터 알고
지냈다.

　아버지 대부터 교제한 구리마루당의 단골손님 중 한 명으로,
예전에는 한 주에 몇 번이나 가게에 와서 다양한 과자를 샀다.
일의 피로를 푸는 데에는 달콤한 화과자가 최고라고 했다.

　구리타가 가게를 이은 뒤로 기라가 오는 횟수는 줄어들었으
나 그래도 열흘에 한 번은 와주는 고마운 존재였다.

　짧게 친 백발과 볕에 탄 험상궂은 얼굴이 인상적인 사내로,
무뚝뚝하지만 인정이 두터운 타고난 아사쿠사 토박이였다.

　기라의 직업은 인력거꾼.

　아사쿠사에서도 유명한 관광인력거 노포에서 일하는 현역
인력거꾼이다.

　감색에 소박한 한텐*과 까만 작업화, 머리에는 수건을 두른
차림으로 인력거를 시원시원 끌며 나카미세 거리를 달리는 모
습을 지금도 종종 본다.

　구리타도 어려서 타본 적이 있는데, 기라가 끄는 인력거는

---

*　옷고름이 없는 짧은 겉옷.

거의 흔들리지 않으면서도 속도가 빠르고 완급 조절이 뛰어나 승차감이 아주 절묘했다.

사실 은밀하게 동경하는 점도 있는 남자인데…….

"……그런데 이해가 안 된다."

구리타는 고개를 갸웃기리며 고하루에게 물었다.

"왜 아버지가 딸의 집을 일부러 엿봐야 하는데? 그럴 필요가 없잖아."

"있어."

"어? 뭐라고?"

"……싸웠거든."

고하루가 나직하게 대꾸했다.

"어이, 겨우 싸움 정도로."

"아니다, 표현이 잘못됐어. 사실 최근 몇 년간 대화도 나누지 않았어. 어긋나고 어긋나다 못해 지금은 인연을 끊은 거나 마찬가지야. 완전히 절연 상태야."

구리타는 충격에 눈을 크게 떴다.

"……농담이지?"

"진짜야."

"아니, 너 그런 소리는 한 번도……."

"이런 창피한 소리를 남한테 어떻게 해! 구리보라면 더 그렇고. 우리 집안사람들은 다 자존심이 강하단 말이야."

"그런 문제야?"

구리타는 묵직한 두통을 견디며 그날 괴한의 빠른 발을 떠올리고 이해했다.

그야 빠르고도 남지. 현역 인력거꾼인 기라라면 쉽게 따라잡지 못한 것도 수긍이 간다.

"그런데 고하루, 무슨 이유로 그렇게 틀어진 건데?"

"응…… 잠깐만 기다려."

고하루는 자리에서 일어나 거실을 나갔다. 잠시 후, 투명한 봉투에 담긴 시판 과자를 양손 가득 안고 돌아왔다.

고하루는 과자를 탁자 위에 와르르 올려놓았다.

개별 크기는 잼 샘플용으로 쓰는 작은 병의 뚜껑 정도였다.

모두 똑같은 종류의 하얀 히가시였다.

"아, 역시 이거였군요."

아오이는 아까 자신이 꺼낸 꽃 모양 히가시를 손가락으로 가리켰다. 똑같은 것이었다.

"이거 오봉* 장날이 되면 슈퍼에서 많이 파는데 평소에는 잘

---

* 매년 양력 8월 15일을 전후해 지내는 일본 최대 명절.

없죠. 공양용 과자라는 용도에 특화됐기 때문일 거예요. 아주 저렴한 가격이죠."

투명한 패키지에는 과자 이름조차 쓰여 있지 않았다. 꽃을 본뜬 히가시의 형태가 잘 드러나는 디자인이어서 아오이의 발언을 뒷받침해주었다.

형상으로 용도를 구분하면 그만이다…… 즉, 불전에 바치는 것이 일차적 목적이고 먹는 용도는 뒷전인 과자였다.

"아마 아버님께서는 대량 구매하셨을 거예요. 저는 지인한테 받았는데, 찾느라 고생 좀 했어요."

"대량 구매……."

구리타는 생각했다.

기라는 구리마루당에서는 주로 만주나 다이후쿠를 샀고 우치모노 계열의 히가시는 산 적이 없었다. 슈퍼에서 이런 저렴한 상품을 사기 때문인가 보다.

그런데 어째서? 고개가 갸우뚱해졌다.

"음, 원래 화과자의 분류상 우치모노 과자라는 건요."

"……나 정말 싫어, 이 와산본!"

고하루가 갑자기 얼굴을 찡그려서 아오이는 하던 설명을 멈추고 손을 움츠렸다.

탁자 위에는 대량의 히가시…… 딱딱하게 굳은 하얀 꽃만 남았다.

　구리타는 고하루가 가져온 봉지 과자를 손에 들고 살펴보았다. 뒷면을 보니 유통기한은 지난 지 오래였다.

　"그게 무슨 소리야?"

　"와산본……. 아버지가 가끔 현관 앞에 두고 가. 나는 이거 싫어하는데. 줘도 절대 다 못 먹는데."

　점점 더 의미를 알 수 없었다. 미간을 찡그리는 구리타에게 고하루가 조용히 물었다.

　"있잖아. 우리 아버지, 어떻게 생각해?"

　"응?"

　구리타는 눈동자를 굴려 천장을 바라보았다.

　"글쎄다……. 아저씨라면 예전부터 알고 지냈으니까 싫지 않아. 고리타분하고 고집이 세지만 강인하고 시들었다는 느낌이 없지. 그 나이에 현역으로 인력거를 끌고 달리다니, 남자로서 순수하게 대단하다고 생각해."

　이번 사건으로 약간 이미지가 바뀌었다는 말은 그냥 삼켰다.

　고하루는 복잡한 미소를 지었다.

　"그래……. 그런데 그거 바꿔서 생각하면 전부 결점 아니니? 나한테 아버지는 고리타분하고 고집 세고 성급하고 거칠고, 나이를 먹어도 머리가 딱딱한 벽창호야."

"말이 너무 심한데."

"다 사실인걸. 예전부터 안 맞는 부분이 있었어."

"그래? 전혀 몰랐는데."

"드러내지 않으려고 했으니까. 아버지는 나쁜 의미에서 변두리 기질이 너무 강해. 대화가 일방적이라 내가 하는 말은 전혀 들어주지 않고……. 그래서 나, 사춘기 이후로 중요한 일이 있으면 엄마하고만 상담했어."

처음 듣는 소리여서 구리타는 내심 놀랐다.

기라와 딸 고하루 사이는 화기애애하다고 믿었다.

지금도 기억에 선명했다.

우락부락한 외모에 화를 내면 귀신처럼 무서운 기라…… 구리타도 종종 주먹으로 언어맞곤 했다. 그러나 딸과 나란히 걸을 때만큼은 다른 사람처럼 온화한 미소를 지어서 마치 부처님 같았다.

역시 남의 집안 사정은 모르는 법이다.

탁자 위에 놓인 히가시의 산을 바라보며 고하루가 말했다.

"와산본도 그래……. 내가 초등학생일 때야. 그날은 여름방학이었는데 웬일로 아버지가 집에 있었고 서툴지만 어떻게든 나랑 놀아주려고 했어. 그러다가 3시가 되어서, 아버지가 나한테 먹일 간식을 찾기 시작했는데……."

그때 둘의 눈에 들어온 것이 이 과자였다고 말하며 고하루
는 씁쓸한 표정을 지었다.

어린 고하루는 젊은 아버지에게 이렇게 물었다.

"아빠, 그거 뭐야?"

"아아, 이건 와산본이란다."

"와산본?"

"어마어마하게 달지. 먹을까?"

"먹을래!"

무뚝뚝한 아버지가 얼굴 가득 주름을 잡으며 웃었다. 눈을
실처럼 가느다랗게 뜨고 행복에 겨워 딸의 머리를 쓰다듬었다.

"원래 불단에 바치려고 사둔 것 같아……. 그래도 달리 먹을
게 없어서 같이 먹었어. 그런데 얼마나 맛이 없던지! 딱딱하고
퍼석퍼석하고, 솔직히 이건 아니다 싶었는데 오랜만에 아버지
랑 같이 있으니까 나도 기뻤거든. 그래서 맛있다고 괜히 거짓
말을 해버렸어."

"아아……. 그래서."

"응. 그날 이후로 아버지는 내가 이걸 좋아한다고 철석같이
믿고 기회만 생기면 먹이려고 하는 거야. 싫다고 말해도 고집

세고 꽉 막힌 아버지는 들은 척도 안 해. 오히려 사양하지 말라면서 하나 더 먹으라고 하더라."

그렇게 억지로 먹다 보니 완전히 혐오하게 됐다고 고하루는 말했다.

"그야 뭐…… 싫어지기도 하겠다."

"우아, 쇠고집. 굳게 믿으면 의지를 굽히지 않는 성격도 일장일단이 있군요."

안타까운 표정으로 동정하는 구리타와 아오이를 보며 고하루는 입술을 꾹 깨물었다.

"……이 사건이 모든 걸 상징해. 하는 일마다 족족 억지 강요라니까."

결혼할 때도 그랬다며 고하루는 목소리를 더욱 낮게 깔았다.

"나오토…… 우리 남편도 아버지는 처음부터 아예 거들떠보지도 않았어. '사람도 차도 깊이가 없는 놈은 안 돼. 자동차 딜러 따위한테 아사쿠사를 짊어지고 달리는 인력거꾼의 딸을 줄쏘냐'라면서 무턱대고 반대만 하더라!"

"트집도 심하네."

"그렇지? 한마디로 애초에 인정할 마음이 없는 거야."

고하루와 어머니가 완강하게 거부하는 기라를 필사적으로

어르고 달래 나오토와 어떻게든 만나도록 약속을 잡았다.

그날, 기라의 집을 방문한 나오토는 긴장해서 땀을 대량으로 흘렸다.

"오, 오늘 바쁘신 외중에 시간을 내주셔서 진심으로 감사합니다."

"……흥."

기라는 불쾌함을 감추려고도 하지 않았다.

대화를 나누는 도중에도 입을 꾹 다물고, 고하루나 어머니가 말을 걸어도 대꾸조차 안 했다.

어머니와 둘이서 다소 강제로 일을 진행하긴 했어도 나오토와 만나 차분히 대화를 나누면 이해해주리라 믿었는데…….

고하루의 가슴속에서 아버지에 대한 실망이 조금씩 분노로 변해갔다.

거북한 시간이 흐르고 마침내 나오토가 본론을 꺼냈다.

"미숙한 몸이지만 힘껏 노력해 따님을 행복하게 하겠습니다. 부디 결혼을 허락해주십시오!"

그때, 기라는 처음으로 입을 열어 단호하게 말했다.

"안 돼. 딸은 못 준다."

"어지간해서는 화를 내지 않는 나오토도 그쯤 되니 당연히 화가 났어. 나도 울화통이 터져서 반쯤 가출한 형태로 결혼했고……. 그날 이후로 아버지와는 냉전 상태여서 벌써 몇 년이나 말도 안 하고 있어."

"과연."

충분히 틀어지고도 남을 이유겠다 싶어서 구리타는 한숨을 내쉬었다.

모두 무슨 말을 해야 할지 모색하느라 거실에 답답한 침묵이 내려앉았다.

이윽고 고하루가 불쑥 말했다.

"……그래도 숨어서 몰래 엿보는 짓을 하다니 아버지답지 않아. 아무리 지금 집에 나랑 아이만 있다고 해도 정말 아버지답지 않다고."

"고하루……."

"손자 얼굴이라도 보고 싶나? 그렇게 반대해놓고 이제 와서?"

고하루는 미간을 찌푸리며 치밀어 오르는 것을 참는 듯이 입술을 깨물었다.

구리타와 아오이는 걱정스러운 표정으로 살짝 시선을 주고받았다.

*

　고하루의 집을 나와 구리타와 아오이는 말없이 고쿠사이 거리를 걸었다.

　괴한의 예상치 못한 정체와 그보다 더 심각한 예상치 못한 사정에 구리타는 당황했다.

　일단 고하루에게는 빈집털이가 아니니까 방범적인 면에서는 괜찮을 거라는 딱히 효과적이지 못한 격려를 건넸고, 그녀도 쓴웃음을 지으며 고개를 끄덕이긴 했으나 그런 문제가 아니겠지.

　구리타는 끄응 신음했다.

　고하루는 아버지와의 불화로 반가출처럼 해버린 결혼을 분명 후회하고 있을 것이다. 본심은 축복받고 싶으리라. 그런 심리 상태를 그녀의 말투 여기저기에서 쉽게 엿볼 수 있었다.

　"젠장⋯⋯."

　구리타가 머리를 아무렇게나 벅벅 긁는데, 옆에서 걷던 아오이가 명랑하게 말을 걸었다.

　"저기, 구리타 씨."

　"왜, 출출해?"

　"어⋯⋯ 저 언제부터 이렇게 식신 캐릭터가 됐죠. 이 가방이 너무 인상적이었나 봐요. 아, 그건 됐고요. 고하루 씨의 아버님은 구리타 씨의 가게에 자주 오시나요?"

"아아, 자주는 아니라도 열흘에 한 번쯤은 와."

"그 빈도면 자주 오시는 거네요. 저기요, 구리타 씨. 다음에 고하루 씨의 아버님이 가게에 오셨을 때……."

"말하지 마. 알고 있으니까."

솔선해서 남 뒤치다꺼리를 하는 성격은 아니지만 이번에는 상대가 상대였다. 가게에 오면 화해하라고 은근슬쩍 부추길 생각이었다.

"뭐, 고하루의 집을 들여다본 직후니까. 오늘은 아마 안 오겠지. 아오이 씨는 이제부터 어떻게 할래?"

"그러게요. 오늘은 일단 용건을 마친 이 가방을 집으로 가져가야겠어요."

아오이는 고급스러운 공단 재질이지만 안에는 과자가 잔뜩든 숄더백을 어깨에 메고 있었다.

"그럼 이렇게 됐으니 역까지 바래다줄게."

"와, 고맙습니다."

"여기가 지름길이야."

둘은 교차로에서 고토토이 거리를 동쪽으로 꺾었다.

한동안 걷다가 오른쪽으로 꺾어 좁은 골목으로 들어가면 곧 센소지의 넓은 부지에 도착한다. 이곳을 빠져나가는 길이 역까지 가는 최단 코스. 구리타의 주관에 따르면 그렇다.

그런데 센소지 본당 앞에 있는 대향로 옆을 지나다가 뜻밖의 인물과 마주쳤다.

"어라?"

구리타는 타이밍 한번 절묘하다고 생각했다.

고하루의 아버지, 기라 후미노리가 향로 연기를 쐬고 있었다. 뿌연 연기를 손으로 가득 모아 가슴에 뿌렸다.

스즈노 집에서 도망친 뒤, 공중화장실에서 옷을 갈아입고 집으로 돌아가는 도중일까.

무심코 멈춰 서서 바라보자 그쪽도 구리타를 알아보고 말을 걸어왔다.

"오오, 진 아니냐."

"어, 어어."

아버지 대부터 알고 지낸 사이여서 기라는 구리타를 성이 아니라 이름으로 부른다.

이런 계절인데도 기라는 겉옷을 걸치지 않고 와인레드 스웨터에 까만 바지만 입고 있었다. 발 옆에는 빵빵하게 부푼 가죽 가방이 있었다.

기라가 기운차게 손짓을 해서 구리타와 아오이는 가까이 다가갔다.

"어때, 잘 지내고?"

"……그럭저럭."

"거기 아름다운 아가씨는? 네 거냐?"

의미심장한 눈빛으로 새끼손가락을 쑥 들어 보이는 기라에
게 구리타는 "아니야" 하고 대답했다.

낯을 가리는 아오이는 늘 그렇듯 거동이 차분하지 못했다.

"아, 어. 어어, 그러니까…… 요즘 세상에 그런 수신호를 볼
수 있다니 역시 변두리 동네다워서 좋네요."

"와하하, 그럼 그렇고말고. 무슨 소린진 잘 모르겠다만."

웃으면 기라의 얼굴은 주름이 자글자글해진다. 벌써 아오이
가 마음에 든 모양이었다.

그의 웃음을 보며 구리타는 이 주변 사람들은 다 그렇다고
생각했다.

말투는 거칠지만 근성은 따뜻해서, 어수룩한 부분까지 전부
포함해 역시 미워할 수 없다. 절대 나쁜 인간은 아니다.

역시 어떻게든 해주고 싶었다.

"아가씨는 관광 중인가? 아사쿠사는 최고지?"

"아, 네…… 제가 생각했던 것 이상으로 뭐랄까, 다양한 일이
생겨서 전혀 질리지 않아요."

"그래. 그럼 몇 번이든 오시게나. 나는 원래 인력거를 끌어. 주말에 돈벌이가 되니까 매주 수요일에 쉬는데⋯⋯. 자, 이거 명함."

기라는 지갑에서 구겨진 명함을 꺼내 아오이에게 건넸다.

"저, 정말 친절하시네요."

"회사는 가미나리몬 근처야. 날 지명하면 돼. 아사쿠사는 내 마당이나 마찬가지니까 관광 명소를 전부 달려서 호화찬란하게 안내를 해줄 테니까."

"와아, VIP 대우!"

아오이가 손뼉을 치며 환성을 질렀다.

"인력거는 사실 한 번도 안 타봤어요. 고맙습니다."

얼마나 기뻤는지 아오이의 말투가 순식간에 허물없어졌다.

아오이와 기라의 유쾌한 대화를 들으며 구리타는 조금 전 일에 대해 어떻게 말을 꺼낼지 고민했다.

말이 없는 구리타가 이상했는지 기라가 먼저 말을 걸었다.

"왜 그러느냐, 진? 뚱한 표정을 하고."

"아아⋯⋯. 그게, 그러니까."

구리타는 잠깐 머뭇거렸으나 곧 정면으로 기라를 바라보고 말했다.

"들었어, 고하루한테."

그 순간 기라의 안색이 바뀌었다.

입가가 축 늘어지고 쾌활했던 목소리도 단숨에 경직됐다.

"……무슨 소리야."

"이제 와서 딴청 피우지 마. 전부 알고 있다고."

구리타는 고하루의 집에서 부녀 사이가 뒤틀어진 사정을 듣고 지금 돌아가는 길이었다고 설명했다.

"외동딸이 사랑스러운 건 알겠는데, 결혼할 때 그 행동은 너무하잖아. 솔직히 사과하면 아직은 어떻게든 될 거야."

"……뭘 안다고 끼어들어."

기라의 목소리가 희미하게 떨렸다.

"어?"

"아무것도 모르는 애송이가 잘났다는 듯이 끼어들지 마!"

서슬이 시퍼레져서 화를 내는 것에 구리타도 순간 발끈했지만, 기라와는 어려서부터 보던 사이였다. 가능하면 얼굴을 붉히고 싶지 않았다.

그렇다고 지금 물러나면 고하루도 기라도 도울 수 없다…….

그래서 이론을 내세워 공격하기로 했다.

"모르긴 뭘 몰라. 아저씨 생각쯤이야 알아."

구리타는 차분히 말했다.

"……뭐라고?"

"사실은 화해하고 싶잖아. 엿보는 변태로 여겨질 정도로 딸을 걱정하면서."

얼굴을 굳히고 절규하는 기라를 구리타는 똑바로 바라보았다.

"그런 식으로 보일 줄은 상상도 못 했지? 그래도 당하는 입장에서는 그렇다고."

변명하려고 입을 달싹이는 기라를 무시하고, 구리타는 단숨에 말했다.

"그 빵빵한 가방에는 변장용 니트 모자랑 까만 점퍼가 들어 있겠지. 고하루가 괴한이 있다고 상담한 건 오늘과 지난주, 즉 일주일 간격인데 그건 아저씨 휴일이 매주 수요일이기 때문이야. 고하루를 훔쳐보면서 맛없는 히가시를 먹은 건 추억에 잠기기 위해서이고 사실 히가시 자체는 별로 안 좋아하지. 왜냐하면 구리마루당에서는 늘 만주나 마메다이후쿠처럼 이가 튼튼하지 않아도 쉽게 먹을 수 있는 나마가시만 사 가니까. 그리고 아까 대향로의 연기를 몸 앞면에 쬐고 있었던 건 가슴이 아프니까. 그러니까 다친 마음을 치유하고 싶었다. ……대충 이런 거 아니겠어?"

센소지 본당 앞에 있는 대향로의 연기를 나쁜 곳에 쬐면 좋아진다는 속설이 있다.

"솔직히 사과하라고. 손자 얼굴, 가까이에서 보고 싶잖아?"

"……역시 넌 대단한 놈이야."

기라가 얼이 쏙 빠진 표정으로 중얼거렸다.

"네놈 아버지는 영리하고 감각이 뛰어나서 아사쿠사 최고의 화과자 장인이었는데, 너도 분명 그 피를 물려받았군."

"그거 고맙네."

구리타는 눈썹을 꿈틀거렸다. 이럴 때는 솔직하게 기뻐하기로 했다.

"그러나…… 그것과 이건 이야기가 달라."

다시 기라의 입술이 축 처졌다.

"하아?"

"잘 들어, 나는……."

기라는 잠깐 망설이는가 싶더니 곧 감정을 펑 폭발하는 것처럼 외쳤다.

"나는 틀린 말은 하나도 안 했어! 도리를 무시한 건 내가 아니라 고하루라고! 딸년이 반대를 무릅쓰고 나간 거야. 내가 굽힐 필요가 어디 있어!"

설마 적반하장으로 나올 줄이야.

"애초에 진, 네놈이야말로 수두룩하게 잘못을 저질렀잖아! 아버지 생전에 가게를 잇겠다고 말했으면 얼마나 기뻐했겠어. 그런 주제에 잘났다는 듯이 남의 일에 끼어들지 마!"

"……윽."

날카로운 것에 가슴이 후벼 파이는 것 같아 구리타는 입을 다물었다.

"고하루에게 전해라. 나는 잘못한 게 하나도 없다고!"

넋이 나간 구리타에게 그 말을 남기고, 기라는 씩씩대며 잰걸음으로 걸어갔다.

싸늘한 초겨울 바람이 불어 땅에 떨어진 작은 낙엽이 두둥실 날아올랐다.

자기도 모르게 흥분해서 달아오른 몸이 조금 차가워졌다.

구리타는 탄식을 뱉으며 중얼거렸다.

"……빌어먹을, 저 고집불통 꼰대가."

이마를 꾹 눌렀다.

정면으로 맞선 것은 좋았으나 공연히 상황을 더 꼬아버렸다. 구리타의 지적이 아픈 곳을 찔렀기 때문에 고집 센 기라가 더 쇠고집이 되었다.

이제 어지간해서는 설득하기 어려울 것 같았다.

"아아, 이래서야 일반적으로 설명해도 이해해주지 않을 것 같네요."

뒤를 돌아보니 아오이가 눈썹을 늘어뜨리고 곤란하다며 웃고 있었다.

"옳다고 해서 반드시 통하지 않는 것이 세상사니까요."

냉철한 진리를 명랑한 말투로 태연히 말했다.

그러나 구리타는 깨달았다. 아오이의 표정에 여유가 넘쳤다. 계속 만나다 보니 막연하게나마 그런 느낌을 알아차릴 수 있었다.

아오이에게는 다양한 장점이 있고, 무엇보다 자유분방한 성격에 기인한 뛰어난 아이디어의 소유자라는 것을 구리타는 잘 알고 있었다.

"……뭔가 생각이 있구나, 아오이 씨?"

"네."

아오이는 해맑게 웃으며 검지를 세웠다.

"화과자를 다루는 사람으로서 고안할 방법은 딱 한 가지. 입으로 밀해서 못 알아듣는 사람에게는 먹여서 알게 해주자고요!"

*

그로부터 이틀 후 금요일…….

이제 곧 정오가 되려는 시각이었다.

텅텅 빈 구리마루당 찻집에 건강하고 활기찬 목소리가 울렸다.

"우아아, 여전히 가게, 아무도 없네! 낮부터 이래서 괜찮겠어?"

"그게 생각보다 괜찮아요. 미미하긴 해도 손님도 늘었어요. 오늘은 평일이니까 어쩌다 보니 빈 거예요."

"그렇구나!"

"마침 잘 됐잖아요? 지금부터 한바탕 할 거니까."

"흐응. ……나카노조도 흥미를 느끼나 봐?"

"뭐, 일단 저는 가게 사람이니까요."

인정사정없이 말하는 사람은 구리타의 소꿉친구이자 잡지 기자인 유카. 유카를 상대하는 사람은 하얀 가운과 모자를 쓴 젊은 화과자 장인 나카노조였다.

둘이 잡담을 나누는 찻집에 접객과 판매 담당인 시호가 나타났다. 시호는 행주로 탁자를 닦으며 평소처럼 시원시원하게 말했다.

"그러는 유카는 왜 왔어? 누가 불렀어?"

"……딱히. 불러서 온 건 아니야."

유카는 삐쳐서 입술을 삐죽였다.

"그래도 오히려 오기 잘했다 싶네. 오늘 점심시간에 어떤 일이 생길 거라고, 나카노조한테 들었거든."

시호가 눈을 가늘게 뜨고 나카노조를 바라보았다.

"아, 아이고. 그렇게 보지 마세요. 말하면 안 될 얘기도 아니잖아요?"

"안 된다고 하진 않았어. 입이 가벼운 남자라고 생각했을 뿐이지."

"구리랑 더해서 반으로 나누면 균형이 딱 잡힐 것 같아."

그런 대화를 나누며 유카와 시호는 얼굴을 마주 보고 웃었다. 나카노조는 고개를 갸우뚱하고 찻집 벽에 걸린 시계를 보았다.

정오에 올 예정인 손님을 위해 구리타와 아오이는 지금 어떤 과자를 준비하는 중이었다. 방해하지 않으려고 나카노조는 작업장을 나와 찻집으로 왔다.

……잘되면 좋겠는데.

나카노조는 구리마루당의 4대째 주인인 구리타에게 소박한 경의를 품었다.

구리다 본인은 인사치레로라도 완벽한 인물이 아니시만, 그 뛰어난 제과 기술에 홀리지 않을 장인은 없으리라.

그의 남다른 실력은 부모님에게 철저히 배우고 스스로 익힌 것, 이 두 요소의 상승효과라고 나카노조는 생각했다.

구리타는 화과자로부터 멀어졌을 시기에도 단지 거리를 둔 것만은 아니었다. 장인의 후계자가 될 아들이기에 진지하게 생각할 시간이 필요하지 않았을까. 그 시기에 자기 자신과 마주하고, 남몰래 화과자에 대해 많은 것을 듣고 배웠던 것 아닐까?

아직 젊은 구리타가 저 정도 경지에 도달한 것은 그만큼 제과에 임하는 자세가 진지하기 때문이다.

물론 재능도 있겠지만, 때로는 멀리 돌아가는 길을 선택하면서까지 성실하게 노력하고 자신을 갈고닦은 결과이리라. 그렇게 생각하기에 나카노조는 구리타의 기술에 경의를 품었다.

그렇지만 그 아오이라는 여자는 도통 모르겠다.

구리타 본인에게 물어도 비슷한 대답이 돌아왔으니 나카노조가 모르는 것도 당연한데, 이야기를 들어보면 범상치 않은 지식의 소유자였다.

프로일까?

그렇다고 하기에는 구리타에게 조언하고 지시를 내릴 뿐이지 절대 도구를 건드리지 않는 행동을 이해할 수 없었다. 굉장히 수준급의 과자를 만들 수 있을 것 같은데, 하고 생각하며 나카노조는 고개를 갸웃거렸다.

그때, 출입구를 열고 주빈 중 한 명이 들어왔다.

"실례합니다……"

윤기 흐르는 새까만 머리카락이 인상적인 여자, 고하루였다.

"어서 오세요! 늦었네."

시호가 화과자를 파는 가게치고는 위풍당당하게 인사했다.

"죄송해요. 친구한테 애를 좀 봐달라고 부탁하느라 늦었어요."

"애가 몇 살이야?"

고하루는 두 살이라고 대답했다.

"한창 귀여울 때겠다…… 물론 나는 아직 낳아본 적 없지만. 아무튼 일단 저기 앉아. 구리 녀석, 작업장에서 일을 마무리하느라 바쁘거든. 지금 차를 가져올 테니까 잠깐 기다려."

"고맙습니다."

주방으로 들어간 시호를 대신해 나카노조가 고하루를 찻집 안쪽 자리로 안내했다.

다음으로 구경꾼인 유카를 조금 떨어진 자리로 안내하려고 했는데, 고하루가 주저하며 나카노조에게 말을 걸었다.

"저기…… 그런데 아버지는?"

"아직 안 오셨어요."

"그래……."

"일이 바쁘시겠죠? 곧 오실 거예요."

"응."

고하루는 불안한지 고개를 숙였다.

그때 유카가 나카노조의 가운 자락을 갑자기 끌어당겼다. 왜 이러는지 모르겠는데, 유카는 강제적이었다. 유카의 재촉을 받아 둘은 고하루의 바로 옆 탁자에 앉았다.

"괜찮다니까요, 고하루 씨!"

유카가 가슴 앞에서 주먹을 불끈 쥐었다.

"유카……?"

구리타와 아는 사이인 것처럼 유카와 고하루도 면식이 있나
보다.

"긍정적으로 생각해야죠! 근거는 전혀 없지만 이럴 때 비관
적으로 생각하면 안 돼요!"

유카는 고하루에게 말을 걸어 긴장감을 풀어주려고 했다.
시호가 가져온 호지차를 마시며 기운을 북돋는 말을 무던하게
늘어놓았다.

"……유카는 여전하구나."

긴장이 좀 풀렸는지 고하루는 피식 웃었고 유카도 미소를
지었다. 기분이 나아졌다면 다행이었다.

그건 그렇고, 하고 나카노조는 생각했다.

오늘 이곳에서 어떤 일이 벌어지는지 자세히는 몰랐다.

분명한 것은 고하루와 아버지를 화해시키기 위해서 구리타
와 아오이가 자리를 마련했다는 것.

고하루는 잘될 것 같진 않아도 모두가 염려해주는 마음이
정말 기쁘다면서, 말을 꺼낸 그 자리에서 요청을 받아들였다
고 한다.

고하루의 아버지 기라는 오늘도 인력거 일을 한다. 그래서

약속은 점심 휴식을 겸한 정오로 잡았다.

아오이가 영민하게도 손을 써두었다.

오후 첫 타자로 기라의 인력거에 타고 싶다고 지명 예약을 하면서, 구리마루당 가게 앞에서 출발하고 싶다고 부탁했다.

기라는 인력거로 아사쿠사를 안내하겠다고 아오이와 약속했다.

'도쿄 토박이는 한번 약속하면 어기지 않으니까요' 하고 아오이는 대수롭지 않다는 듯이 말했는데, 이 경우에는 다툼의 원인인 기라의 고지식한 성격이 도와준 셈이었다.

나카노조는 똑똑한 여자라고 솔직히 감탄했다. 점점 더 아오이의 정체가 궁금해졌다.

드디어 구리마루당 앞에 새까만 인력거가 멈추더니 두 번째 손님이 출입구를 열었다.

기라였다.

정오에 딱 맞춰 나타난 그는 한텐에 작업화, 수건을 두른 일하는 복장으로 기세등등하게 찻집으로 들어왔다.

고하루는 반사적으로 의자에서 반쯤 허리를 띄웠다.

"……아버지!"

"착각하지 마."

기라의 험악한 말투에 고하루는 움찔 굳어 도로 의자에 앉왔다.

"널 만나러 온 게 아니야. 아오이라는 아가씨를 인력거에 태우려고 왔을 뿐이야. 그러는 김에 뭔가 먹어줬으면 한다니까 거절할 수 있어야지."

"……웃."

위압적으로 내쳐진 고하루는 콧잔등에 주름을 잡았다.

기라는 성큼성큼 고하루의 탁자에 다가와 앉았다.

마주 보고 앉았으나 둘은 시선을 마주치지 않았다. 서로 정반대 방향으로 얼굴을 돌렸다.

겨우 몇 초쯤 기다렸을까, 기라가 작업장에 대고 소리를 질렀다.

"어이! 도쿄 토박이는 성급하다고. 먹이고 싶다는 거, 얼른 가져와!"

그러자 포렴이 조용히 흔들렸다.

기다렸다는 듯이 구리타와 아오이가 등장했다.

"……좀 진정하시지."

"지금부터 맛있는 걸 대접하겠어요."

둘이 들고 온 쟁반 위에는 하얀 꽃의 형태를 본뜬 히가시가 있었다.

*

　구리타와 아오이는 각자 쟁반을 하나씩 들고 있었다. 그 위에는 오리베*의 소형 네모 접시가 있었다.

　접시 위에는 히가시가 하나씩.

　즉, 총 네 개의 히가시가 있었다. 형태는 모두 같았다.

　"무슨 꿍꿍인지 모르겠다만."

　기라는 흉흉하게 구리타를 노려보았다.

　"건방지구나, 진! 분명 말했을 텐데. 네놈, 언제부터 남 일에 나서서 끼어드는 착한 놈이 됐지."

　"멋대로 정하지 마. 남의 행동 원칙을 아저씨가 함부로 재단하지 말라고. 딱히 친절함이 남아돌아서 하는 짓이 아니니까."

　"뭐……?"

　기라가 무시무시한 시선을 쏘아 보냈지만 구리타는 무심히 받아넘겼다.

　"내가 하고 싶어서 하는 거야. 저번에 아저씨가 한 말이 사실 계속 생각난다고."

　그 마음도 지금 행동을 뒷받침하는 이유 중 하나였다.

---

*　고급 다기, 인테리어 잡화 등을 파는 회사.

오늘의 주요 목적은 고하루와 기라를 화해시키는 것이었다.

그러나 그에게 받은 비난은 사라지지 않고 구리타의 가슴 속에 여전히 남아 있었다.

'……아버지 생전에 가게를 잇겠다고 말했으면 얼마나 기뻐했겠어. 그런 주제에 잘났다는 듯이 남의 일에 끼어들지 마…….'

스스로 생각해도 속이 좁다 싶지만 그 말이 떠오를 때마다 가슴이 먹먹했다. 그럴 수도 있다고 머리로는 이해하는데 감정적으로 받아들이지 못했다.

무엇보다 그런 소리를 들었다고 해서 '아, 그렇습니까' 하고 물러나는 것은 구리타답지 않았다.

혼쭐을 내주겠다. 화과자 장인만의 방법으로. ……그러기 위해서 있는 힘껏 노력해서 이 과자를 만들었다.

똑바로 바라보는 구리타의 시선에 기라는 조금 압도되었는지 몸을 뒤로 뺐다.

"그건 인마…… 말하다 보니 어쩌다가."

"걱정하지 마. 이번에 나는 과자를 만드는 역할만 분담했으니까. 나머지는 모두 아오이 씨가 맡아서 할 거야."

옆에는 독특한 투명감을 풍기는 상냥한 아오이가 있었다.

구리타가 신뢰를 담아 고갯짓을 하자 그녀도 고개를 끄덕였다. 둘 사이에 뜨겁고 투명한 무언가가 지나갔다.

"맡길게, 아오이 씨."

"……맡겨주세요!"

아오이가 활기차게 대답했다.

"그럼 시작하겠습니다. 먼저 구리타 씨의 과자부터 나눠주세요."

구리타는 자기 쟁반에서 하얀 꽃 모양 히가시를 하나씩 담은 접시를 들어 기라와 고하루에게 나눠주었다.

묵묵히 그것을 살펴본 후, 기라가 혼잣말을 했다.

"……와산본인가."

혀를 차는 이유는 그 과자가 고하루에게 줬던 추억의 히가시와 똑같은 모양이기 때문이리라.

어쩌면 맛도 똑같다고 짐작했기 때문일지도.

이 자리에 있는 히가시는 전부 똑같은 꽃 모양이었다. 아오이의 쟁반에 있는 히가시도 색이 미묘하게 다를 뿐 형태는 완전히 똑같았다.

물론 의도한 것이다. 아오이의 주문을 받아 구리타가 그렇게 만들었다.

"아아, 또 와산본……."

보기만 해도 끔찍하다는 듯이 고하루가 얼굴을 찡그렸다.

아오이는 쾌활하게 말했다.

"오늘은 여러분께 드릴 말씀이 있어요. 그 전에 먼저 이걸 드셔보세요."

기라도 고하루도 선뜻 손을 내밀지 않았다.

당연하다. 둘 다 사실은 맛없다고 생각하는 '좋아하는 음식' 이니까.

"어, 어이, 아오이 아가씨. 나는 이가 안 좋아서. 이런 건……."

"아아, 예의범절 같은 건 신경 쓰지 않으셔도 괜찮아요. 평소처럼 손으로 잘라서 냠냠 드시면 돼요. 고하루 씨도 꾹 참고 딱 한입만이라도."

어떻게든 꼭 먹어줬으면 좋겠다, 그러지 않으면 시작도 못 한다고 아오이는 강직하게 주장했다.

결국 기가 꺾인 둘은 떨떠름한 표정으로 히가시를 쥐었다.

기라는 작게 잘라서, 고하루는 끄트머리를 조금 입에 넣었다.

"……웩!"

순간 고하루는 얼굴을 찌푸리며 과자를 뱉었다.

어지간히 싫었나 보다. 아마 정신적인 영향도 있을 텐데, 앞니 뒤를 혀로 몇 번이나 핥으며 얼굴을 찡그리고 호지차를 단숨에 마셨다.

"……맛없어!"

도저히 못 참겠다는 표정으로 고하루가 신음했다.

"미안해, 아오이 씨! 무슨 의도인지 모르겠는데 나 와산본만큼은 진짜 안 된다고. 푸석푸석 맛도 밋밋하고. 꼭 벽을 갉아먹는 흰개미가 된 것 같아. 전부는 도저히 못 먹겠어!"

마주앉은 기라가 황당하다는 듯이 눈을 커다랗게 떴다.

"무슨 소리냐, 고하루? 너 이거 무지무지 좋아하잖아……."

"그건 아버지의 강요라고! 억측이야. 나, 와산본 예전부터 끔찍하게 혐오했다고!"

"와산본을 혐오해……?"

기라는 입을 꾹 다물더니 콧김을 거칠게 내쉬며 외쳤다.

"거짓말!"

"그런 거짓말을 왜 해. 나는 진짜 싫어한다고!"

"그, 그럼 왜 미리 말하지 않고?"

"말하려고 했어! 몇 번이나! 그래도 아버지가 사람 말을 무시하니까."

"웃기지 마! 나는 지금까지 계속……."

아수라장이 열렸다.

"아, 저기. 바쁘신 와중에 죄송합니다만."

아오이가 옆에서 끼어들었다. 험상궂은 표정으로 빠르게 돌아보는 둘을 향해 검지를 세워 보이더니 뜻밖의 소리를 했다.

"저기요. 이쯤에서 중요한 말씀을 드리겠어요……. 지금 드신 건 와산본이 아니에요."

"……응?"

전혀 예상하지 못한 대사였다. 기라도 고하루도 멍하니 입을 벌렸다.

투명한 침묵이 정오를 지난 찻집을 지났다.

"아니지, 이건 아무리 봐도 와산본……."

"이건 '라쿠간'이랍니다."

아오이는 단호하게 대꾸하고 청산유수로 해설을 시작했다.

"와산본과 라쿠간의 혼동, 사실 계속 마음에 걸렸어요. 조만간 말씀드리려고 했는데, 허둥거리다 보니 기회가 없어서……. 착각하시는 분이 많은데 와산본은 설탕을 말해요. 전통적인 제법으로 만든 고급 설탕의 대명사로, 산지는 가가와 현과 도쿠시마 현 등이에요. 고급 화과자를 만들 때 주로 사용되니까 당연히 히가시에도 사용되죠. 먼저 이걸 대전제로 이해해주세요."

아오이가 당부했다.

"그리고 이 라쿠간은요…… 와산본을 전혀 사용하지 않았어요."

"뭐라고?"

"뭣이?"

고하루와 기라가 깜짝 놀라 나란히 외쳤다. 사이가 안 좋아도 부녀는 부녀였다.

"와산본을 사용한 라쿠간은 맛있는데 가격이 좀 비싸거든요. 오봉 시기에 슈퍼에서 싸게 팔진 못하죠."

그쯤에서 아오이가 뒤를 돌아보고 물었다.

"구리타 씨. 이 라쿠간의 성분은요?"

"설탕, 전분, 소르비톨."

이번에는 후방에 전념할 예정인 구리타였지만 질문에는 대답했다.

"……이라고 고하루의 집에서 본 과자 봉지 뒷면에 적혀 있었어. 그건 불전에 공양하는 저렴한 과자니까 식용 라쿠간과는 미묘하게 달라. 더 자세히 설명하면, 사용한 설탕은 상백당. 일본에서 사용량이 제일 높은 이른바 일반적인 설탕이야. 전분은 감자 전분이니까 녹말. 그리고 소르비톨은 설탕의 60퍼센트 정도 되는 단맛을 지닌 당알코올의 일종이야."

소르비톨은 물에 잘 녹고 성질을 보유하는 특징이 있어서 식품을 제조할 때에 첨가물로 사용된다.

물론 구리마루당에서는 식품첨가물을 절대 사용하지 않는다.

지금은 아오이에게 부탁을 받았기에 사용했다. 기라가 고하루에게 준 라쿠간과 완벽히 똑같은 맛을 재현하는 것이 목적이었으니까.

라쿠간은 기본적으로 전분 등의 각종 가루에 설탕, 물엿을 섞고 나무틀에 넣어 굳힌 단순한 히가시이다. 재료의 맛이 고스란히 드러난다.

따라서 좋은 재료를 사용하면 맛있고 그렇지 않은 재료라면 딱 그 정도의 맛이다.

"네. 직접 만드신 분의 자세한 해설, 고맙습니다."

아오이가 살짝 고개를 숙였다.

"이처럼 이 라쿠간을 와산본이라고 부르는 건 틀렸어요. 아니다, 와산본을 사용한 맛있는 라쿠간도 세상에 존재하니까 부드럽게 '착각'이라고 표현할까요."

"착각……."

멍한 표정으로 중얼거리는 기라를 바라보며 아오이는 계속 진행했다.

"그럼 다음으로 이 히가시를!"

*

기라 앞에 이번에는 아오이의 쟁반에 있던 접시가 놓였다.

조금 전의 라쿠간과 비슷한 꽃 모양 히가시가 접시 중앙에 활짝 피었다.

색은 하얗지 않고 약간 노리끼리하니 맑은데, 형태는 완전히 똑같았다.

기라는 아무 말 없이 입을 꾹 다물었다. 충격적인 사실을 몇 가지나 알게 되어 속으로 동요하고 있었다.

……설마 딸이 싫어하는 것을 오랫동안 억지로 강요했을 줄이야.

불찰이었다. 가슴이 옥죄는 것처럼 괴로웠다.

그러나 아버지로서 또한 남자로서 쉽게 약한 모습을 보일 순 없었다.

기라는 아랫입술을 부루퉁하게 내밀고 아오이를 노려보았다. 저절로 그런 태도가 나왔다.

"아니요, 제가 아니라 과자를 봐주세요."

아오이는 시치미를 뚝 뗐다.

겁을 먹고 물러설 줄 알았는데 조금 의외였다.

아니면 구리타가 만든 이 과자가 그렇게나 대단한 걸까, 아오이는 자신만만했다. 기합이 잔뜩 들어가서 말끝도 늘어지지 않았다.

아오이는 반짝이는 눈으로 기라를 응시했다.

"기라 아저씨, 일단 드셔보세요. 조금 전의 라쿠간하고는 다를 거예요. 언짢으시면 드신 후에 혼이 날 테니까요."

"……흠."

기라는 코웃음을 쳤다.

그렇게까지 말한다면 먹어줄까.

만약 조금 전에 먹은 것처럼 맛이 없다면 그때는…….

기라는 떨떠름한 표정으로 히가시를 집어 끄트머리를 조심스럽게 베어 물었다.

자기도 모르게 탄성이 나왔다.

"……뭐!"

뭐지 이건.

혀에 닿은 순간, 풍부한 단맛이 입안 가득 퍼졌다.

한 방 얻어맞은 직후 머릿속이 새하얗게 물드는 것과 비슷했다. 기라는 막연하게 퍼부으려고 했던 비난을 전부 잊어버렸다.

그 정도로 완벽한 단맛이었다.

뭐라고 표현해야 좋을까, 지금까지 맛본 적 없는 산뜻하면서도 순수한 뒷맛. 그러면서도 사탕수수가 떠오르는 깊고 순한 맛이었다.

아니다, 이건 그립고 정겨운 사탕수수의 풍미 그 자체가 아닌가.

기라는 다시 과자를 먹었다.

힘을 주지 않아도 바삭바삭 섬세하게 부스러지면서 더할 나위 없이 자연스러운 단맛이 부드럽게 피어올랐다. 마치 다디단 얼음 결정을 맛보는 것 같았다.

입에서 녹는 느낌이 또 절묘해서, 혀에 올린 순간 단맛 미립자가 안개처럼 스르르 점막에 스며들었다.

인공적인 찜찜함은 찾아볼 수 없는 그야말로 최고급. 진정으로 뛰어난 것만이 지니는 단아한 품격이 있었다. 뜻밖의 장소에 아름답게 피어난 자연의 기적이 떠올랐다.

이 세상에 존재할 리 없는 천국의 음식……

기라의 머릿속에 그런 단어들이 어지러이 빙글빙글 맴돌았다.

와삭와삭 과자를 베어 물며, 기라는 어느새 떨리는 목소리로 물었다.

"……이건?"

아오이는 미소 지으며 대답했다.

"네, 그게 진정한 와산본이랍니다!"

"이게…… 진짜."

맞은편의 고하루도 기라처럼 황홀한 표정이었다. 쉰 목소리로 중얼거렸다.

"진짜는 이렇구나⋯⋯. 정말 아까 거랑 전혀 달라."

고하루는 와산본을 야금야금 먹으며 맛에 흠뻑 빠진 듯이 눈을 가늘게 떴다.

"달지만 깔끔해. 딱딱하지만 눈처럼 부드럽게 녹아. 정말 맛있어."

"그렇죠?"

아오이는 만족스럽게 웃었다.

"불순물 하나 없는 최고급 와산본 그 자체니까요. 달리 말하면 순수한 설탕 덩어리죠. 이렇게 멋지게 완성한 건 당연히 구리타 씨의 기술 덕분이고⋯⋯."

갑자기 아오이의 시선을 받은 구리타는 별로 어려운 일도 아니라고 무뚝뚝하게 전제하고 말했다.

"와산본 산지로 유명한 가가와 현 히가시카가와 시의 최고급 와산본⋯⋯. 아오이 씨가 가져다준 덕택이야. 분무기로 수분을 조금씩 뿌리면서 손에 적당히 잡힐 때까지 섞은 후에 전용 나무틀에 넣고 삐져나온 부분을 주걱으로 깎아내면서 굳기를 기다렸다가 조심스럽게 벗겨내. 그러면 끝이야."

말처럼 간단하지 않다는 것을 문외한인 기라도 쉽게 이해했다.

건드리면 부서질 것 같은 이런 섬세한 과자를 다루려면 얼마나 세심해야 할까.

과자 조각을 찬찬히 살펴보니 공예품처럼 윤곽이 예리했다. 조형에 혼을 실었다. 그렇기에 입에 머금었을 때 저절로 경탄이 나오고, 은은하며 부드러운 단맛도 돋보였다.

구리마루당의 일도 하면서 기라 부녀를 위해 일부러 최선을 다해 만들어주었다. 아무리 울컥했다곤 해도 마음에도 없는 모욕을 퍼부은 자신을 위해서…….

기라는 입술을 악물고 배 속에서부터 우러나오는 한숨을 내쉬었다.

그저 탄복할 뿐이었다.

남자로서 구리타의 넓은 도량을 배우고 싶다고 생각했다. 묘한 만족감을 느끼며 동시에 고개가 푹 수그러들었다. 한 방 먹은 셈이었다.

"라쿠간과 와산본의 차이, 이해하셨나요?"

아오이가 해맑게 물어 기라와 고하루는 나란히 고개를 끄덕였다.

"둘 다 제대로 만들면 맛있어요. 그래도 잘못된 인식을 바로잡는 것이 화과자에 종사하는 사람의 의무니까요. 사실 세상에는 알고 보면 좋은 건데도 약간의 착각 때문에 싫어하는 게 참 많답니다. 사람이 살아가는 데 있어 너무 아까운 일 아니겠어요."

아오이가 주장했다.

"그렇지."

구리타가 무뚝뚝한 표정으로 거들었다.

"누구나 착각은 할 수 있지만, 깨달았다면 고쳐야지. 만회할 수 없을 때가 되면 늦으니까."

무심한 말투였지만 어린 나이에 부모님을 잃은 구리타가 하는 말에는 무게가 있었다.

고하루가 머뭇거리며 고개를 들었다.

"……아버지."

기라는 딸을 보았다. 딸의 눈가에 무언가가 빛났다. 감정이 넘쳐흐를 것만 같았다.

무슨 말을 하려는지 고하루는 한동안 주저했으나, 곧 그동안 쌓인 감정을 전부 짜내며 단호하게 말했다.

"아버지, 나는…… 라쿠간이 싫었어!"

기라는 숨을 삼켰다. 가슴에서 뜨거운 것이 북받쳤다.

"그랬구나……."

말해줘서 고마웠다.

"그 싸구려 라쿠간, 정말 싫었어! 그래도 계속 참았어. 아버지는 워낙 고집이 세니까, 무슨 말을 해도 들어주지 않으니까, 어차피 소용없다고 생각했어."

"그래, 그래……."

"그런데 착각이었어."

"음?"

고하루는 입술을 지그시 깨물고 말했다.

"……설령 들어주지 않더라도, 알아주지 않더라도 말했어야
했어. 아버지랑 딸 사이잖아. 나는 몇 번이라도 말했어야 했어.
진심을 있는 그대로 알아줄 때까지 몇 번이라도. 나를 위해서
도, 아버지를 위해서도."

기라의 심장이 격렬하게 흔들렸다.

고하루는 가슴을 꾹 눌렀다.

"내 얘기를 좀 더 들어주길 바랐어…… 결혼할 때도 사실은
아버지가 축하해주길 원했어. 몰래 훔쳐보지 말고 놀러 와. 나
오토하고도 잘 지내줘. 믿음직스럽지 못한 면도 있지만 좋은
사람이야. 손자도 만나러 오고."

"고하루……."

"이름은 사토시라고 해. 얼마나 귀여운지 몰라. 개구쟁이에
고집이 센 게 아버지랑 닮았어."

가슴 안에서 무언가가 뭉클 움직였다.

기라는 고하루가 태어난 날을 떠올렸다.

벌써 25년 전이다. 그날은 봄처럼 따뜻한 초겨울이었다. 도

내 병원에서 처음 딸의 얼굴을 본 순간, 가슴이 불에 타는 것처럼 뜨거워졌다.

그날의 기쁨.

그 자랑스러움.

그 감동…….

소중한 보물이었다. 죽어도 절대 손에서 놓지 않겠다 다짐했었다.

지금 눈앞에 있는 와산본처럼 달콤하고 행복한 나날이 그날부터 시작했다.

그런데 언제부터 어긋나고 말았을까. 피가 이어진 부모와 자식 사이인데.

갑자기 기라의 눈에서 굵직한 눈물이 주르륵 흘렀다.

"……아버지?"

"미안했다, 고하루."

놀랍게도 그 말이 쉽게 나왔다.

"정말 미안했어……. 괴롭힐 마음은 절대 없었단다. 나는 언제나 너를 생각하며 살아왔어. 당당하고 믿음직한 아비로 있고 싶었어. 네가 언제나 안심하고 행복하게 웃을 수 있도록……."

분명 처음에는 별것 아니었으리라.

오해가, 착각이, 어긋난 마음이.

그러나 사소한 것을 내버려두다가 어느새 복구하지 못할 깊은 도랑이 되고 말았다. 자칫 잘못했다가는 죽을 때까지 화해하지 못했으리라.

그러나 지금, 이 와산본의 순수한 단맛이 행복한 나날의 기억을 되살려 완고하게 얼어붙은 마음을 부드럽게 녹여주었다……

"나는 형편없는 아버지였어……. 아마 내가 착각한 게 더 많이 있겠지. 진심으로 사과하마, 진심으로."

기라는 딸에게 깊이 고개를 숙였다.

그래도 고개를 들었을 때, 기라는 눈물을 흘리면서도 호방하게 웃고 있었다.

"그건 그렇고" 하고 부끄러워하며 코를 훔치고 말했다.

"너무 늦었지만 고하루…… 결혼 축하한다! 손자의 얼굴을 볼 수 있다니 나도 행복한 놈이야. 너무 행복하니까 얼굴이 축축 늘어져서 기쁨의 눈물이 흐르는구나!"

고하루가 와앙 울음을 터뜨렸다.

둘의 얼굴은 순식간에 눈물범벅이 되었다.

"아버지는…… 형편없지 않아. 최고의 아버지야…… 아니다, 최고로 고집쟁이 아버지야."

"고하루……."

"언제든 만나러 와. 사토시의 할아버지니까. 기다릴게."

고하루는 눈물을 흘리며 너무도 환하게 웃었다.

벌써 몇 년이나 보지 못했던, 꾸밈없이 해맑은 고하루의 웃음……

최고구나. 기라는 넘치는 눈물을 손등으로 훔쳤다.

오늘을 내 평생 잊지 못할 거야.

기라는 진심으로 그렇게 생각했다.

*

이렇게 고하루와 기라의 불화는 해결됐다.

구리마루당 찻집에는 지금 따사로운 볕이 들었다. 험악했던 분위기가 따끈따끈하게 바뀌었다.

남 일에 솔선해서 고개를 들이미는 성격은 아니지만, 누군가가 기뻐하는 모습을 보니 기분 좋다고 구리타는 생각했다.

하물며 화과자 덕분에 그렇게 됐다면 더 말할 것도 없다.

구리타는 천천히 숨을 내쉬고 아오이와 만족감 넘치는 웃음을 교환했다.

"……해냈네, 아오이 씨."

"아니에요, 구리타 씨의 화과자가 훌륭했어요. 솜씨가 얼마나 훌륭하시던지 옆에서 지켜보는 내내 감탄했다니까요"

"공치사는 됐어. 저건 그냥 재료가 좋았던 거야."

평소처럼 허물없는 대화를 마음 편하게 나누었다.

그런 구리타와 아오이에게 유카가 입술을 비죽이며 말을 걸었다.

"……저기, 여보세요. 바쁘신 와중에 미안한데."

"뭔데, 유카?"

"저 와산본 나도 먹고 싶어. 두 분 다 진짜 맛있게 드시잖아. 구리, 만들어주지 않을래?"

구리타는 태연하게 대답했다.

"벌써 만들어뒀어."

"어어? 어떻게? 구리 초능력자였어?"

"아니, 화과자 장인인데."

구리타는 대꾸했다.

"사실 하나로는 부족하다는 소리가 나올 것 같아서. 많이 만들어뒀어. 지금 너희 먹을 거 가져올게."

"와아, 앗싸!"

유카가 주먹을 번쩍 치켜들었다.

"그리고 이제 곧 그것도 올 테니까."

구리타가 말을 마치기도 전에 찻집 출입구가 벌컥 열리더니 걸걸한 목소리가 울려 퍼졌다.

"여어, 구리타! 부탁한 커피 배달, 특별히 몸소 오셨다."

단골 카페의 마스터였다.

최종 마무리를 위해 구리타가 미리 부탁해두었다.

카페에서 그대로 왔는지 마스터는 일할 때 입는 V자 형태의 앞치마 차림이었다. 가파바시 도구 거리에서 샀을 배달용 알루미늄 철가방을 손에 들었다.

"생큐. 설마 마스터가 직접 배달하러 올 줄은 몰랐네. 그보다 가게는 괜찮아?"

"아르바이트생한테 맡겼으니까 문제없어. 그보다 구리타, 나도 그 와산본이라는 거 먹을 수 있지?"

"이 분위기에 안 된다고 할 수 없지. 먹고 가."

"평소 신세를 지는 것에 대한 답례인가. 무뚝뚝한 남자의 무뚝뚝한 선물이로군."

"아니, 아무도 그런 소리 안 했는데."

마스터는 이유 없이 의미심장한 미소를 지으며 고개를 젓더니, 배달용 철가방에서 대형 스테인리스 포트를 꺼냈다. 시호가 눈치 빠르게 가게 주방에서 컵을 가져왔다.

마스터가 커피를 따르자 풍미 짙은 향이 찻집을 가득 채웠다.

"여러분, 뜨겁습니다! 우리 카페의 자랑거리인 커피, 맛있게 드시죠."

마스터가 걸걸한 목소리로 말하며 찰랑찰랑 커피를 따른 컵을 모두에게 나눠주었다.

기라에게 고하루에게 유카에게.

그리고 구리마루당 사람인 나카노조와 시호 앞에도.

구리타와 아오이는 작업장에서 접시에 담은 와산본을 인원수만큼 가져와 커피 옆에 놓았다.

약간 의아한 표정을 지은 모두에게 아오이가 말했다.

"사실은요, 깜짝 놀라실 수도 있는데 화과자랑 커피는 잘 어울려요. 모처럼 좋은 기회니까 맛보시면 좋겠다 싶어서요."

"정말로?"

유카가 물었다.

"아, 커피는 블랙으로요! 와산본 자체가 설탕이니까요."

냉큼 설탕을 넣으려는 유카를 보고 아오이가 허둥지둥 덧붙였다.

"원래 화과자는 쌉쌀한 말차와 먹는 조합이 보기에도 아름다운데요. 개인적으로 커피도 괜찮다고 생각해요. 사람들은 쓴맛과 단맛의 어울림을 맛있다고 느끼는 경향이 있거든요."

"듣고 보니 그런 것도 같고."

유카가 이도 저도 아닌 맞장구를 치자, 아오이가 이때라는 듯이 풍부한 지식을 늘어놓기 시작했다.

"원래 화과자는 다도의 발전과 더불어 발전한 면이 있어서요. 차 모임이라고 하죠. 그런 자리에 내는 히가시는 당연히 주역인 차의 맛을 돋보이게 할 필요가 있어요. 그러니 주역을 집어삼키는 농후한 맛의 과자는 아무래도 안 어울려요. 차 모임에서 사용하는 라쿠간이나 와산본은 쓴맛을 돋보이게 해주는 고급스러운 단맛이 나죠. 즉, 개별적으로 먹기보다 음료와 세트로……."

"와, 맛있다!"

아직 설명하는 도중에, 감격에 겨운 탄성이 터졌다.

유카가 두 눈을 동그랗게 뜨고 재잘거렸다.

"이거 진짜 맛있어! 그렇죠, 마스터?"

"그렇군. 나도 이런 단맛은 처음이야."

"커피와도 잘 어울리는데요!"

마스터와 나카노조도 싱글벙글 웃으며 마주 보았다.

아오이의 길고 긴 설명을 듣다가 더는 못 참겠는지 각자 알아서 먹기 시작했다. 달콤한 와산본을 먹고 쌉쌀한 커피를 마시며 행복한 웃음을 나눴다.

"저기……."

아직 말할 것이 잔뜩 남았다는 표정으로 아오이는 눈을 가늘게 떴으나, 곧 표정이 부드러워졌다. 모두 기뻐하는 모습을 보니까 점점 기분이 좋아지는지 환하게 웃었다.

구리타는 벅차오르는 감격을 혼자 조용히 곱씹었다.

불현듯 아무 예고도 없이, 그러나 물이 땅에 스며드는 것처럼 자연스럽게 무언가를 깨달았다.

허심탄회하게 대화를 나누는 기라와 고하루를 보며 생각했다.

잘됐다고.

며칠 전, 기라에게 들은 말은 분명 옳았다.

'아버지 생전에 가게를 잇겠다고 말했으면 얼마나 기뻐했겠어. 그런 주제에 잘났다는 듯이 남의 일에 끼어들지 마.'

그러나 역시 결과론이다. 만약 인생을 두 번 산다고 해도 지금 기억을 유지하지 못하는 한, 똑같은 실수를 저지르기 전에는 소중한 것을 깨닫지 못하리라.

왜냐하면 사람은 아픔을 느끼고 아픔과 함께 걸으며 성숙해지는 생명체니까.

그렇지만 구리타는 생각했다.

자신은 부모님에 대한 기억을 언제까지나 가슴 깊이 품고 잊지 않을 것이다.

오늘, 저 부녀가 만나서 다행이다……

오로지 이 마음뿐이었다. 분명 저들도 같은 생각일 것이다.

지금 웃는 얼굴로 대화를 나누는 기라와 고하루를 바라보면 왠지 확신할 수 있었다.

"어이, 진······."

갑자기 기라와 고하루가 구리타를 바라보았다. 지금까지와 사뭇 다르게 진지한 표정이었다.

"왜, 하나 더?"

기라는 차분하게 고개를 저었다.

"이번 일로 네놈에게 신세를 졌구나······. 덕분에 우리 부녀가 이렇게 구원받았어."

새삼스럽게 무슨 소리를 하나 싶어 구리타는 코를 가볍게 훔쳤다. 겸연쩍어서 무뚝뚝한 표정으로 난폭하게 대꾸했다.

"됐다니까. 신경 쓰지 마."

"이 은혜는 잊지 않으마. 정말 고맙다."

이번에는 기라 맞은편에 앉은 고하루가 허둥거리며 말했다.

"당연히 아오이 씨한테도! 덕분에 나, 와산본을 진정한 의미로 좋아하게 됐어. 고마워."

"별말씀을요. 앞으로도 행복하세요, 고하루 씨!"

기라와 고하루는 진심을 담아 고개를 숙였다. 예의 바른 아오이도 무릎에 닿을 정도로 깊이 고개를 숙였다.

찻집 유리창 너머로 오후의 따사로운 태양이 겨울철의 아사쿠사 거리를 밝게 비추고 있었다.

식사 후, 만반의 준비를 하고 인력거에 타려는 아오이와, 구리타도 동행하게 되었다. 기라가 꼭 보답을 하고 싶다면서 고집을 부렸다.

가게 일은 맡겨두라고 시호와 나카노조까지 흔쾌히 나서는 바람에 반강제적으로 떠밀려 인력거에 올라탔다.

"……둘이 타니까 좀 좁네."

구리타가 중얼거렸다.

"아, 죄송해요. 저 다이어트라도 할까요?"

"아니, 전혀 그럴 필요 없는데……."

거리가 가까워서 불편할 뿐이었다. 향수는 아닌데 독특하고 좋은 향기가 은은하게 구리타의 코를 간질였다. 옆에 앉은 아오이와 어깨가 밀착해서 구리타는 평소답지 않게 두근거렸다.

어쩔 수 없이 인력거꾼에게 불평했다.

"아저씨! 이거 원래 1인승이잖아. 둘이나 태우고 달릴 수 있겠어?"

"깔보지 마라, 진."

기라가 다부진 표정으로 대꾸했다.

"내가 몇 년이나 이 일을 한 줄 알고? 너 같은 놈 둘이나 셋은 한 손으로도 끌 수 있어. 게다가 와산본과 커피 덕분에 지금 힘이 넘친다."

옆에 앉은 아오이가 킥킥 웃으며 속삭였다.

"당분과 아드레날린의 효과네요!"

"어, 어어……. 그런 문제인가?"

구리타가 곤혹스러워하는데 전방에서 기라가 기운차게 외쳤다.

"자아, 간다!"

순간 인력거가 휘청 흔들렸다.

"……꺄아?"

"으악!"

순간 더 가까이 몸이 닿고 말았다.

"미, 미안해. 아오이 씨! 그게 여기가 좁아서……."

"아, 아니요……."

아오이의 부드러운 몸에 얼굴을 붉히며, 구리타는 자포자기해 앞에 대고 소리쳤다.

"어이, 아저씨! 좀 조심해서 운전해!"

"지금 그건 내 서비스야. 감사히 생각해."

"아아……? 무슨 소리야."

"허이차."

구리타와 대화를 나누면서도 기라는 인력거를 끌고 시원시원하게 달렸다. 뒤에서는 구리마루당 앞에 남은 고하루와 마스터가 싱글싱글 웃으며 손을 흔들었다.

그나저나 기라의 실력은 대단했다.

처음에는 크게 한 번 흔들렸으나, 다음부터는 구름 위에 탄 것처럼 안정적이고 승차감도 뛰어났다.

실로 숙련된 장인의 기예였다. 사랑하는 아사쿠사 거리가 쌩쌩 달리는 인력거 뒤로 흘러갔다.

아사쿠사 공회당 앞을 지나 에도 시대의 풍취가 감도는 덴보인 거리를 서쪽으로 달렸다.

이대로 쭉 직진하면 곧 아사쿠사 연예홀이 나온다.

홀 앞에서 오른쪽으로 꺾어 하나야시키 방면으로 갈 생각이리라. 그 뒤에 고토토이 거리를 동쪽으로 놀아 센소시를 중심으로 크게 한 바퀴 도는 코스라고 구리타는 예상했는데, 기라의 속셈은 달랐다. 오늘 코스의 최종 목적지는 연분을 맺어주는 곳으로 유명한 이마도 신사였다.

그곳에서 연애에 서툰 둘은 낭패하다 못해 사소하게나마 한바탕 말썽을 일으키는데…… 물론 지금은 아무도 예상하지 못했다.

인력거는 평탄하게 달렸다.

"어때, 아오이 아가씨. 내 인력거의 승차감은?"

앞에서 말을 거는 기라에게 아오이가 양손을 살포시 맞잡고 대답했다.

"와, 대단해요! 왜 이제야 탔을까요. 구리타 씨도 인력거를 타본 적 있으세요?"

"어렸을 때. 요즘엔 전혀 안 탔는데…… 나쁘지 않네. 기분 좋아."

"멍청이. 당연하지."

곧 인력거 전방에 아사쿠사 연예홀이 보였다.

건물 정면에 검은색과 주황색과 연두색이 어우러진 간판. 그 아래 처마에 수많은 제등이 걸려 있었다.

"와, 저게 그 유명한 웃음의 전당!"

아오이가 눈을 반짝이며 뚫어지게 바라보았다.

단체 손님이 제법 많았다. 평일 오후인데 연예홀 출입구 부근에 긴 줄이 생겼다.

"인기가 좋네요. 역시 수많은 코미디 스타를 배출해서 예능인들의 동경을 받는 성지다워요."

"응……. 뭐 그렇지."

보기와 다르게 그런 걸 좋아하는구나, 하고 구리타는 뺨을 붉적이며 물었다.

"아오이 씨는 라쿠고* 자주 들어?"

"아, 아니요. 굳이 따지면 만담파라서요. 라쿠고도 격조가 있어서 멋있지만 이해하기 쉬운 코미디를 좋아해요. 리듬감 좋고 팍 오는 한 방 개그도 싫지 않아요."

"흐음……."

코미디에 무지한 구리타가 어떻게 대답할지 고민하는데, 아오이가 잔뜩 신이 나서 말했다.

"맞아, 구리타 씨! 제가 재미있는 개그를 하나 보여드릴까요?"

어어? 구리타는 얼어붙었다.

오늘 벌어진 사건 중에서 가장 충격적인 발언이었다.

"진짜? 여기서?"

"네. 지금 기분이 아주 좋으니까 그걸 표현하고 싶어요."

"아아, 상관없는데……."

구리타가 당황하며 옆을 보자, 아오이가 하얀 뺨을 발그스름하게 붉히고 있었다. 아몬드 형태의 눈이 약동감 넘치는 빛으로 반짝였다.

---

* 기모노를 입은 라쿠고가(라쿠고 공연자)가 정치, 문학 등 세상 사는 이야기를 해학적, 풍자적으로 들려주는 일본 특유의 예능.

아름답다. ……진심으로 그렇게 생각했다. 표현하고 싶다면 당연히 표현해야 한다.

"생큐. 그럼 아오이 씨, 자신 있는 한 방 개그 부탁해."

"네!"

공기가 청량한 겨울의 아사쿠사. 하늘은 한없이 맑고 푸르렀다. 거리는 오가는 사람들의 활기로 넘쳤다.

아오이는 차분히 숨을 들이마시더니 인력거 좌석에 앉은 채로 하늘을 향해 보들보들한 손을 쫙 펼쳤다.

구리타는 소매가 흘러내려 드러난 아오이의 오른쪽 손목에 흐릿하게 남아 있는 가늘고 긴 상처를 보았다. 뭔지는 모르겠으나…….

어쨌든 몸짓이 편안하고 아름다웠다. 지금 그녀의 모든 것이 반짝였다.

양손을 들고 투명감 넘치는 미소를 지으며, 아오이는 기분 좋게 하늘을 우러르며 말했다.

"파란 하늘을 아오이가 우러르다!"*

구리타의 눈이 휘둥그레졌다. 설마 다자레일 줄이야.

---

* 일본어로 '파랗다'는 '아오이', '우러르다'는 '아오구'이다. 아오이의 이름에 파랗다와 우러르다를 어울린 말장난이다.

안녕하세요. 음식에 관련한 이야기는 듣는 것도 읽는 것도 쓰는 것도 좋아하는 니토리 고이치입니다.

이 이야기는 화과자와 변두리를 주요 소재로 삼고 있으니까 두 가지 주제로 나누어서 이야기를 해보려고 합니다.

· 화과자에 대해서

좋아하는 화과자를 하나 고르라고 한다면 역시 마메다이후쿠입니다. 첫 번째 이야기에서도 다뤘는데, 맛있는 가게의 마메다이후쿠는 정말 맛있답니다.

다양한 재료가 균형 있게 잘 어울리거든요.

부드러운 떡과 잘 씹히는 콩. 달콤한 팥소와 살짝 짠맛이 나는 콩.

크기가 작아서 먹기 편하고, 하얗고 동그란 것이 아주 사랑스러운 외형이지요. 마메다이후쿠가 눈에 보이면 왠지 기분이 편안해집니다.

· 변두리 동네에 대해서

아사쿠사에는 수많은 명소가 있는데, 개인적으로 가파바시 도구 거리를 좋아합니다.

이곳은 다양한 도구를 파는 가게가 모인 곳입니다. 특히 요리와 관련된 도구라면 기본적으로 뭐든 다 있습니다.

한 손 냄비, 대형 주걱, 집게, 붕어빵 기계, 왼손잡이용 국자…… 그 밖에도 이것저것.

도구는 기능이 형태로 표현된 것이라서 아무리 봐도 질리지 않아요. 또 가고 싶네요.

지금부터는 사죄의 말씀을 드리겠습니다.

언제나 믿음직스럽게 일해주시는 담당 편집자님, 변두리 동네의 정감 넘치는 분위기를 생생한 일러스트로 표현해주신 와미즈 님, 고맙습니다.

아사쿠사를 속속들이 아는 친구 K군, 같이 취재를 가줘서 고마워. 즐거웠어.

그리고 끝까지 읽어주신 독자 여러분께 진심으로 감사 인사를 드립니다.

또 만나요.

니토리 고이치

맛있는 과자와 커피 한 잔이 생각나는 달콤한 이야기

음식을 다룬 책을 좋아한다. 먹어본 적이 있는 음식은 그 맛을 떠올릴 수 있어서 좋고 먹어보지 못한 음식은 어떤 맛일지 상상하며 고인 침을 삼키는 감각이 좋다. 그러다가 우연한 기회에 먹어보고 상상과 비교하는 것도 재미있다. 무엇보다 그 음식을 둘러싸고 얽히고설키는 사람들의 이야기가 재미있고 훈훈해서 좋다.

이 소설은 음식 중에서도 화과자를 다뤘다. 화과자는 종류가 다양한데, 제일 먼저 떠오르는 것은 상자 안에 곱게 담긴 화과자다. 어쩜 그리 색이 알록달록하고 모양도 동글동글 사랑스러운지! 예쁜 것, 귀여운 것이라면 사족을 못 쓰다 보니 그 앞을 지날 때는 시선이 간다. 이어서 도라야키나 센베이처럼 수수하지만 자기주장이 확실한 화과자들도 눈앞에 선하다. 말랑말랑 쫀득쫀득 퍼석퍼석한 식감도 당연히 생각난다. 이렇게 시각적으로도 미각적으로도 예쁜 화과자가 소재여서 소설을 번역하는 내내 참 즐거웠다.

배경은 도쿄의 유명한 관광지인 아사쿠사, 그곳 어딘가에 고즈넉하니 자리한 구리마루당이라는 화과자점. 메이지 시대부터 4대째 이어오는 노포로 소규모 찻집을 겸한다. 찹쌀떡과 비슷한 마메다이후쿠가 간판 상품이다. 가게 주인은 스무 살도 안 된 어린 화과자 장인 구리타 진. 한때 아사쿠사의 불량배들을 이끌었던 전적을 자랑하지만, 지금은 부모님을 교통사고로 잃은 슬픔과 절망을 극복하고 성실히 일하는 우직한 청년이다. 그러나 일반 음식점도 요리사가 바뀌면 맛이 떨어지고 손님 발길이 끊어지는 법인데 소문난 전통 가게는 어떠할까. 현재 구리마루당의 매출은 절반으로 뚝 떨어졌다. 열심히 만든 과자는 다 팔리지 않아 남아돌고 찻집은 주말에도 파리만 날리는 상황이다. 그때 소꿉친구 유카가 마메다이후쿠에 특별한 추억이 있는 한 남성을 데리고 왔다. 아버지와 얽힌 추억담에 귀를 기울이는데, 글쎄 이 아저씨, 구리타가 만든 마메다이후쿠와 그때의 마메다이후쿠가 다르다지 뭔가! 구리타는 아버지의 맛을 완벽하게 재현하지 못했다는 절망감에 빠졌다. 그런 구리타 앞에 나타난 사람은 '화과자의 아가씨'라는 엉뚱한 호칭으로 불리는 미인 아오이였다. 전직 불량배와 화과자의 아가씨, 전혀 어울릴 것 같지 않은 이 콤비가 뭉쳐서 화과자와 관련한 여러 문제를 해결하기 시작한다.

구리타는 거칠고 무뚝뚝하면서도 주변인을 살뜰히 돌보는 성격이라 귀엽고, 아오이는 화과자의 아가씨답게 지식은 대단한데 나사가 열 개쯤 빠진 것 같은 성격이 사랑스럽다. 나카노조와 시호, 유카, 마스터도 다들 쾌활한 인물이라 재미있다. 이들이 한데 모여 북적이면 혼이 쏙 빠지겠지만 동시에 유쾌해서 시간 가는 줄 모를 것 같다. 모든 등장인물이 마음에 드는데 개인적으로 제일 좋아하는 인물은 제2장에 출연하는 아사바 료다. 이유는 그야 당연히 잘생겼다고 하니까. 구리타도 미남이지만 아사바 료의 첫 대사가 인상적이었다.

'뭐야, 잘못 봤네. 쇠똥구린 줄 알았는데 구리타잖아.'

쇠똥구리라니. 커피를 마시다가 정말 뿜을 뻔했다. 아오이의 말처럼 '솔직해지지 못하는 안타까움과 상대방이 걱정되기에 나오는 공격적인 태도'를 보이는 남자들의 우정이 어찌나 서투른지 웃음이 나온다. 아오이의 정체도 궁금하고 구리타와 아오이의 '썸' 타는 관계도 흥미롭고 다음에는 어떤 화과자로 이야기를 펼쳐나갈지 기대되는데, 무엇보다 아사바가 계속 나와서 구리타에게 시비를 걸어줬으면 하는 바람이 있다.

　작가 니토리 고이치는 아직 우리나라 독자에게는 생소하지만 '변두리 화과자점 구리마루당 시리즈'는 일본에서 반응이 꽤 좋다. 화과자와 관련해 전문적인 지식과 생소한 일본어가 많이 나와서 조금 어렵지만 재미있고 따뜻한 이야기여서 마음에 쏙 들었다. 연작 형식이라 끊어 읽기도 좋고. 그런데 딱 한 가지, 단점 아닌 단점이 있다. 바로 다이어트의 적이라는 것! 실제로 처음 읽었을 때는 물론이고 번역하는 내내 화과자가 먹고 싶어서 애가 탔다. 참다못해 자료 조사라는 핑계로 백화점에 갔는데 원하는 것이 없어서 슬펐다. 구하지 못한 화과자를 대신해 빵과 과자를 먹으면서 "괜찮아, 다이어트는 내일부터야!"를 외치기도 했다. 여기저기 붙은 군살은 신경 쓰이지만 따뜻한 커피나 차 한잔과 달콤한 과자를 잔뜩 먹으며 재미있는 책을 읽는 시간. 책을 좋아하는 사람에게 최고로 행복한 순간이 아닐까? 그런 한때를 함께 맛보시길!

이소담

기다리고 있습니다
변두리 화과자점 구리마루당 1

1판 1쇄 발행 2016년 2월 25일
1판 8쇄 발행 2024년 4월 1일

지은이 · 니토리 고이치
옮긴이 · 이소담
펴낸이 · 주연선

편집 · 강승현 이진희 심하은 백다흠 강건모 이경란 윤이든
디자인 · 이승욱 김서영 권예진
마케팅 · 장병수 김한밀 정재은
관리 · 김두만 유효정 신민영

(주)은행나무
04035 서울특별시 마포구 양화로11길 54
전화 · 02)3143-0651~3 | 팩스 · 02)3143-0654
신고번호 · 제 1997-000168호(1997. 12. 12)
www.ehbook.co.kr
ehbook@ehbook.co.kr

ISBN 978-89-5660-979-9 04830
ISBN 978-89-5660-980-5 (세트)